À la merci d'un don Juan

SUSAN STEPHENS

À la merci d'un don Juan

Traduction française de
SOPHIE BRUN

AZUR

HARLEQUIN

Collection : Azur

Titre original :
THE PLAYBOY PRINCE OF SCANDAL

HARPERCOLLINS FRANCE
83-85, boulevard Vincent-Auriol, 75646 PARIS CEDEX 13
Service Lectrices — Tél. : 01 45 82 47 47 - www.harlequin.fr
ISBN 978-2-2804-6147-4 — ISSN 0993-4448

Composé et édité par HarperCollins France.
Imprimé en octobre 2021 par CPI Black Print (Barcelone)
en utilisant 100% d'électricité renouvelable.
Dépôt légal : novembre 2021.

FSC www.fsc.org
MIXTE
Papier issu de sources responsables
FSC® C159065

Pour limiter l'empreinte environnementale de ses livres, HarperCollins France s'engage à n'utiliser que du papier fabriqué à partir de bois provenant de forêts gérées durablement et de manière responsable.

1.

Cesare Romano di Sestieri Ardente jeta un regard acide à son secrétaire particulier, au service du palais depuis plusieurs années. Celui-ci lui lisait à voix haute la liste des invités au banquet annuel marquant l'ouverture de la saison de polo, qui devait se tenir dans le *palazzo* familial à Rome.

— Sofia Acosta ? Vous êtes sérieux, Domenico ?

— Impossible de convier les frères Acosta sans leur sœur, Votre Altesse. La famille risquerait d'en prendre ombrage.

Contrarié, Cesare fronça les sourcils.

Il avait programmé une série de matchs d'exhibition destinés à collecter des fonds pour des œuvres caritatives, et il comptait sur la participation des frères Acosta, dont l'équipe faisait partie des meilleures. En revanche, il se serait volontiers passé de celle de Sofia, qu'il ne portait pas dans son cœur. Mais comment l'exclure sans offenser ses amis et partenaires de longue date ? Force était d'admettre que Domenico avait raison.

— D'autant que vous souhaitez aligner une équipe mixte, renchérit ce dernier. Formée à la compétition par ses frères, Sofia Acosta figure parmi…

— Évitez de mentionner ce nom devant moi ! le coupa sèchement Cesare.

— … Les cavalières les plus douées de sa génération, conclut néanmoins Domenico sans se démonter.

— Pour elle, les sports équestres ne sont qu'un loisir, rien de plus.

— Peut-être, mais sur un terrain elle peut en remontrer à plus d'un joueur professionnel.

Cesare opina avec amertume.

Après le tollé qu'elle avait créé à ses dépens, nul doute que sa présence attirerait des foules et que les dons afflueraient par la même occasion.

— Je reconnais qu'elle sait monter à cheval. Toutefois, je ne lui pardonnerai jamais ce qu'elle a fait.

— Vous voulez parler de l'article ? s'enquit Domenico d'un ton prudent.

— Bien sûr que je parle de l'article !

Ce texte n'était qu'un tissu de mensonges. Comment avait-elle pu écrire et signer un tel torchon, publié par-dessus le marché dans un tabloïd appartenant à Howard Blake ?

Il exécrait ce type, lequel le lui rendait bien. Leur inimitié remontait à leur scolarité. À l'époque, Blake exerçait déjà sa perversité tout en s'arrangeant pour que tel ou tel camarade de classe soit accusé à sa place. Jusqu'à ce que Cesare s'en mêle. Là, les choses n'avaient pas tourné en sa faveur…

Quel lien unissait Blake et Sofia ? Était-elle de mèche avec lui ou l'avait-il utilisée à son insu, tel un pion dans son petit jeu malsain afin d'assouvir une soif de vengeance vieille de deux décennies ? Se pouvait-il qu'elle n'ait pas eu conscience du mal que son article risquait de causer ? Et pourquoi l'avait-elle choisi comme cible ? Autant de questions qui, faute d'éléments factuels, restaient sans réponse. Ils se connaissaient à peine. Au cours des dernières années, ils n'avaient fait que se croiser à l'occasion de matchs de polo. Cependant, si brèves qu'aient été ces rencontres, il n'avait pas manqué de remarquer la beauté lumineuse de la jeune femme qu'elle était devenue.

Le visage d'un ange, le corps d'une sirène, mais sans doute la noirceur d'un démon.

Mais une chose était sûre : il n'avait pas l'intention de

réagir à la provocation. Ce serait donner trop d'importance à cette affaire sordide.

— Je m'occuperai de Sofia Acosta le moment venu.

— Très bien, Votre Altesse.

Domenico s'inclina. Pas assez vite toutefois pour cacher sa satisfaction.

— Pourquoi cet air satisfait ? s'enquit sèchement Cesare. Vous ne vous rendez pas compte que, en salissant ma réputation, cette pseudo-journaliste cherche à atteindre la famille royale, le palais et tous ceux qui s'y rattachent ? Alors, cessez de me chanter ses louanges. À mes yeux, elle n'est qu'une arriviste. J'apprécie l'ambition, mais pas quand elle est motivée par la cupidité. Je vous rejoins néanmoins sur un point : sa présence peut nous être bénéfique sur le plan pécuniaire. Veillez simplement à ne pas la placer trop près de moi.

— Cela ne devrait pas poser de problème. La table de la salle à manger de votre palais romain est immense.

— Exact. La reine présidera à une extrémité, et moi à l'autre. Il suffira d'installer la señorita non loin de sa Majesté et de ma sœur.

Cesare sourit intérieurement en songeant à l'accueil qu'Olivia et sa mère réserveraient à cette impudente.

Sofia Acosta, excellente joueuse de polo, artiste peintre à ses heures et journaliste à l'occasion, avait commis une erreur de débutante en écrivant cet article nauséabond sur la royauté en Europe. Le papier intitulé « La royauté est-elle un mal nécessaire dans la société moderne ? » avait déchaîné les réseaux sociaux. Incriminant les frères Acosta, il ciblait principalement Cesare, présenté sous le prisme réducteur du prince milliardaire, ex-membre des forces spéciales, passionné de polo et coureur de jupons collectionnant autant les conquêtes féminines que les trophées sportifs.

L'auteure n'avait pas ménagé ses efforts. Elle avait exhumé des archives des photos de paparazzis. On l'y voyait notamment torse nu, en jean élimé, un bandana ceignant son front, ce qui évoquait davantage le personnage de Rambo que celui d'un prince appelé à régner. Il y avait même un cliché, pris de loin et de dos heureusement, qui le montrait en tenue d'Adam sous une cascade, ce qui laissait à penser qu'il n'avait rien de mieux à faire pour tuer le temps que de barboter dans un lagon tropical ! Et sur chaque photo d'événements officiels, il figurait avec une femme différente à son bras.

Ce portrait d'aristocrate fortuné et oisif, plus enclin à séduire des créatures de rêve et à mener une vie hédoniste qu'à se préoccuper des affaires du royaume, était loin, très loin, de correspondre à la réalité. Pour Cesare, les devoirs liés à son rang prenaient le pas sur tout le reste – ce qui ne l'empêchait pas, bien sûr, de s'octroyer des moments de détente quand ses responsabilités le lui permettaient.

Sofia Acosta avait brodé, interprétant les faits de sorte à semer le doute dans l'esprit du lecteur. Le plus étonnant, c'était qu'elle n'avait pas épargné sa propre fratrie. Bravo la loyauté familiale !

Non, jamais il ne lui pardonnerait. Le plus grave, ce n'était pas qu'elle ait égratigné son amour-propre, mais que ses propos assassins aient entamé la confiance de son peuple. Y avait-elle seulement songé en écrivant ce ramassis d'insanités ? Certainement pas. La belle amazone ne pensait qu'à son nombril !

La voix de Domenico le tira de ses pensées amères.

— J'ai cru comprendre que vous aviez planifié une réunion avec les frères Acosta et la *signorina* Olivia après le dîner ?

— Vous êtes bien informé.

Il n'avait trouvé que ce moyen pour éviter d'avoir à danser avec les princesses, plus pipelettes les unes que les autres, que sa mère et sa sœur ne manqueraient pas de convier.

— La señorita Acosta y participera-t-elle ?

— Cela me semble inévitable si elle daigne accepter notre invitation. Ce qui suppose toutefois qu'elle quitte sa communauté hippie.

— D'après ce que j'ai lu, il s'agit davantage d'un refuge destiné à accueillir des personnes en difficulté, fit remarquer Domenico. Refuge qu'elle finance avec ses propres deniers.

— Grâce à l'argent hérité de ses parents, j'imagine. Bon, le sujet est clos. Nous recevrons Sofia, et elle assistera à la réunion.

— Sage décision, Votre Altesse, commenta son interlocuteur d'un ton obséquieux avant de se retirer.

Cesare croisa brièvement son regard. À son grand étonnement, il y surprit une lueur fugace de jubilation.

Ces derniers temps, son secrétaire particulier avait changé de comportement. Sa discrétion frisait la servilité, et Cesare commençait à se méfier du bien-fondé de ses conseils.

Une fois seul, il réfléchit au moyen de rester le plus possible à distance de Sofia Acosta.

Pas facile, car la jeune femme avait un caractère bien trempé, sans oublier un minois ravissant et un corps à damner un saint. Si Domenico respectait le plan de table dont ils venaient de discuter, cela ne devrait pas poser de problème durant le dîner de gala. En revanche, lors des entraînements et des matchs, l'exercice serait plus délicat…

Le pinceau en l'air et l'œil critique, Sofia examinait son œuvre, se demandant si elle avait restitué pleinement la beauté ténébreuse de son frère Xander, qui éclipsait tout ce qui l'entourait, y compris la puissance de l'étalon noir qu'il montait.

— Tu ne pourrais pas t'interrompre cinq minutes ? s'exclama le splendide cavalier. Si j'avais su, je n'aurais jamais accepté de poser pour toi !

Visiblement, Xander était au supplice.

— Comment veux-tu que je finisse ton portrait, si tu ne cesses de râler et de t'agiter ? répondit-elle. Figure-toi que j'ai terminé. Viens voir, je parie que tu vas t'adorer en chevalier resplendissant, fièrement campé sur ton destrier !

— J'espère que tu n'en as pas fait trop, grommela son modèle. Pourquoi faut-il qu'il y ait toujours du sensationnel dans ton monde, Sofia ? Pourquoi n'y a-t-il jamais de demi-mesure ?

— S'il s'agit d'une allusion à l'article…

Elle s'interrompit, une douleur sourde coupant court à son envie de se défendre.

De ses quatre frères, Xander était le seul capable d'écouter ses arguments. Mais, faute d'éléments concrets pour prouver sa bonne foi, elle s'était gardée jusqu'à présent de lui expliquer que ce texte publié sous son nom n'avait pas été écrit par elle.

Xander récompensa l'étalon de sa patience avec quelques friandises avant de le confier aux bons soins d'un palefrenier. Puis il reporta son attention sur elle.

— Tu as de multiples talents, déclara Xander en s'approchant du chevalet. Tu gères très bien ce refuge en pleine nature, tu montes comme une amazone, et tu peins… mieux que la moyenne, ajouta-t-il avec une moue en contemplant son portrait. À quoi bon te lancer en plus dans le journalisme, au risque de te disperser ? Contente-toi plutôt de ce que tu as. Pose-toi et profite de la vie.

— Comme toi ? dit-elle avec ironie, avant de se reprocher aussitôt son injustice.

Xander avait dû s'occuper de toute la fratrie au décès de leurs parents. Il avait privilégié leur bien-être, à ses frères et elle, à son propre bonheur. Raison pour laquelle il était toujours célibataire à son âge. Elle ne pouvait décemment pas le lui reprocher.

— Pourquoi ce besoin soudain d'être publiée dans ce journal ? J'imagine que cela t'a rapporté une coquette somme ?

Il ne faisait qu'exprimer tout haut ce que les autres pensaient tout bas, à savoir qu'elle avait vendu son âme au diable en échange d'un petit pactole. La réalité s'avérait plus complexe. Elle se moquait de la notoriété et n'était pas vénale. Cependant, elle n'avait pas résisté quand Howard Blake lui avait proposé de rédiger un papier « sur le ton humoristique » moyennant une rétribution non négligeable. Il y avait tant de gens qui dépendaient d'elle, et le refuge nécessitait des apports financiers réguliers.

Depuis la disparition de sa mère, elle s'efforçait d'être à la hauteur des attentes maternelles, du moins telles qu'elle se les représentait. C'est pourquoi elle avait créé ce havre de paix ayant vocation à recueillir des gens en difficulté le temps que leurs blessures cicatrisent. Pas un instant elle n'avait imaginé que son article, drôle et léger à l'origine, serait entièrement remanié et causerait du tort à ses frères ou à Cesare.

Tous les cinq œuvraient pour le bien de l'humanité. Elle ne comprenait pas pourquoi un scribouillard mal intentionné avait détourné son propos en les faisant passer pour des êtres vains et futiles. Blake ne lui avait pas caché que, si elle ne tenait pas sa langue, paraîtraient sous son nom d'autres torchons du même acabit, voire pires encore. Pour protéger sa famille, elle avait décidé de ne pas dénoncer l'imposture, dût-elle en souffrir.

Xander la fixa d'un regard perçant, comme s'il cherchait à lire en elle.

— Quelle mouche t'a piquée de colporter de tels ragots ? C'est du voyeurisme pur et simple, et ça ne te ressemble pas. Pourquoi ne pas m'avoir demandé de te soutenir financièrement au lieu de t'abaisser à ce genre de calomnies ? Si tu as tant besoin d'argent, je peux t'en prêter…

— Non, je t'en prie !

Il lui lança un regard soupçonneux.

— Tu me caches quelque chose, Sofia, j'en mettrais ma main à couper.

C'était le moment ou jamais de lui avouer la vérité, mais elle n'en ferait rien. Son frère aîné assumait toutes les responsabilités familiales depuis trop longtemps. Cette fois, elle avait l'intention de se sortir de cet imbroglio sans l'aide de quiconque.

— Je ne suis plus une enfant, Xander. Je ne te remercierai jamais assez de tout ce que tu as fait pour moi, mais il est temps de me laisser me débrouiller seule.

— Ton obstination te jouera des tours, rétorqua sèchement son frère tandis qu'ils quittaient l'écurie. Je n'arrive pas à m'expliquer pourquoi tu t'en es prise spécifiquement à Cesare. Ses actes démontrent un profond altruisme. Sans doute l'ignores-tu parce qu'il ne s'en vante pas. Sache néanmoins que le portrait caricatural que tu as dressé de lui, celui d'un aristocrate play-boy et capricieux, risque d'avoir des répercussions politiques au sein de son royaume. Je ne m'attendais pas à ça de ta part, Sofia.

Cette critique cinglante la piqua au vif. Toutefois, elle ne se rebiffa pas. Elle n'avait que ce qu'elle méritait.

— La façon dont tu t'es acharnée contre lui évoque presque la vengeance d'une amoureuse éconduite, ou d'une personne mesquine dévorée par la jalousie.

— Décidément, tu me connais bien mal !

Elle avait prononcé ces mots sur le ton du défi, histoire de donner le change, alors qu'au fond d'elle-même elle se sentait cruellement meurtrie.

Elle n'avait accepté d'écrire cet article que dans un seul but : renflouer les caisses du refuge. Les demandes d'hébergement se multipliaient, et elle manquait de place pour les satisfaire. L'argent qu'elle avait gagné allait lui servir à financer une extension, non à s'enrichir. Son tort avait été de croire naïvement que son texte serait publié tel qu'elle l'avait rédigé.

Quant à s'amouracher de Cesare Romano di Sestieri Ardente… Impossible ! Les rares occasions où elle l'avait rencontré, elle l'avait trouvé trop beau, trop impressionnant, et franchement distant. Et puis, l'amour ne faisait pas partie de ses priorités. D'ailleurs, avec quatre frères taillés comme des colosses en guise de gardes du corps, les prétendants se montraient plutôt discrets.

— Cesare m'a toujours paru hautain.

— Cela remonte certainement à l'époque où il nous rendait visite au domaine pour voir certains de nos poneys. Tu n'avais alors que seize ans et lui vingt-quatre. Cesare n'a pas une once de mépris en lui. Simplement, la vie s'est chargée de l'endurcir.

Et pour cause ! Il avait failli perdre le trône. D'après ce qu'elle avait lu dans la presse, un arriviste qui n'avait que faire de la reine ni de sa famille ou de son peuple avait manigancé pour se frayer un chemin jusqu'à la Cour. Usant de flatteries et de fausses promesses, il s'était rendu indispensable auprès de la reine, ce qui signifiait en termes polis qu'il avait été son amant. Cesare n'avait pas tardé à démasquer l'escroc et l'avait banni du royaume. Puis, renonçant à sa vie d'avant, il était resté près de sa mère pour la seconder dans ses obligations royales.

— Tu te rendras à l'invitation du prince, décréta Xander sur un ton sans appel. Ta présence à ce gala témoignera de ton désir de te racheter et contribuera, je l'espère, à te réhabiliter avant le tournoi. C'est le moins que tu puisses faire. Te voir jouer au polo avec Cesare rassurera le public et musellera les mauvaises langues.

Se retrouver face à Cesare !

La perspective la fit frémir. D'appréhension, mais aussi d'une émotion d'une nature différente qu'elle préféra ne pas analyser.

Si séduisant soit-il, ce prince guindé et autoritaire campé dans son rôle de sauveur de l'humanité, très peu pour elle ! Seule fille et petite dernière de la fratrie Acosta, elle en avait soupé des machos surprotecteurs qui la traitaient comme une petite chose fragile !

— Après le banquet, Cesare a prévu une réunion avec nous cinq et sa sœur Olivia afin de discuter de la préparation aux matchs d'exhibition auxquels, il va sans dire, tu participeras.

— Bien entendu, murmura-t-elle.

Comment refuser ? Se confronter à l'homme dont elle était censée avoir sali la réputation ne l'enchantait guère, mais son refuge faisait partie des œuvres caritatives qui bénéficieraient de la manne princière. Et puis, ce serait l'occasion de renouer le contact avec ses autres frères qui lui battaient froid depuis la parution de l'article.

2.

Le personnel s'était surpassé, constata Cesare. Jamais la salle de réception du *palazzo* n'avait été décorée avec un tel faste. L'immense table entourée de plus d'une centaine de chaises drapées de velours bleu nuit resplendissait de mille feux. Les lustres étincelaient tels des diamants, projetant des éclats de lumière sur l'argenterie et les bijoux des convives triés sur le volet. Ce dîner réunissait une palette de riches et puissants aristocrates partageant une passion immodérée pour les chevaux et le polo.

En fait, il était l'unique bâtard de cette noble assemblée !

Fruit d'un écart de conduite, Cesare était le fils du roi et de la femme de chambre de la reine. Lorsque sa mère biologique l'avait abandonné pour suivre son amant du moment, la souveraine avait eu la grandeur d'âme de le recueillir, lui évitant un avenir incertain. Elle l'avait élevé au palais comme s'il était son propre fils et avait même fini par l'adopter. Ainsi, rien ne s'opposerait à ce qu'il accède au trône le moment venu. Et il avait reçu une éducation le préparant à assumer ce futur rôle.

Comme attiré par un aimant, son regard se posa sur la jeune femme assise à l'autre extrémité de la table.

Sofia Acosta paraissait à son aise et joyeuse. Elle s'entretenait avec animation avec la reine et Olivia.

Dire qu'il l'avait placée près de sa mère et de sa sœur afin que les deux femmes d'une loyauté sans bornes surveillent cette impudente et, si nécessaire, la remettent à sa place ! Or, elles étaient manifestement tombées sous le charme. Et elles n'étaient pas les seules ! Beaucoup d'hommes n'avaient pas manqué de remarquer la jeune femme. Bien malgré lui, il devait reconnaître que Sofia rayonnait littéralement. Outre une plastique parfaite, elle possédait une grâce et une aisance naturelles qui avaient quelque chose de fascinant. Elle avait même réussi à faire rire la reine, ce qu'il n'aurait pas cru possible lors d'un banquet formel.

— Tu sembles distrait, murmura Xander, assis à côté de lui. J'espère que ma sœur n'a pas encore trouvé le moyen de te contrarier !

— Non, ne t'inquiète pas. De toute façon, nous avons pris grand soin de nous éviter.

Il s'était contenté de la saluer froidement à son arrivée au palais. Depuis, il ne lui avait pas adressé la parole.

— Il vous sera difficile de maintenir cet éloignement alors que vous êtes censés jouer dans la même équipe.

— Il s'agit d'une œuvre de bienfaisance, mon cher. Nous mettrons de côté nos divergences pour nous concentrer sur la finalité de ces matchs.

— C'est très généreux de ta part. Quant à moi, je ne sais pas si je me montrerais aussi compréhensif.

— Sofia est ta sœur, et tu es l'un de mes meilleurs amis. Je ne risquerais pas de compromettre notre amitié pour laver mon honneur en m'attaquant publiquement à ta sœur.

— Et cette distance suffira, selon toi ?

— Pour l'instant, il y a toute la longueur de cette table gigantesque entre nous, répondit Cesare d'un ton amusé. Et durant les matchs, il y aura celle du maillet.

— Je te demande juste une chose : ne lui fais pas de mal. Sur le plan émotionnel, je veux dire. Sofia paraît dure et sûre d'elle, mais en réalité elle a une sensibilité à fleur de peau, ce qui la rend vulnérable.

— Pour qui me prends-tu ? Je n'ai pas l'intention de profiter de cette fragilité dans le sens que tu sous-entends.

— Vraiment ? insista Xander en lui lançant un regard moqueur.

Pour toute réponse, Cesare haussa les sourcils.

Et puis quoi encore ! Jamais il n'essaierait de séduire cette petite peste à la langue trop bien pendue !

Il regarda sa mère et sa sœur qui riaient de bon cœur.

Comment Sofia avait-elle réussi en si peu de temps à gagner leur confiance ? La reine avait déclaré un jour que régner serait plus facile si, dans son entourage, on avait le courage d'exprimer ses opinions en toute franchise. Nul doute que la sémillante Espagnole ne prenait pas de détours. Elle avait clairement un don inné pour la communication. Restait à savoir si elle ne l'exploitait pas pour fureter et glaner des informations confidentielles qui alimenteraient un nouvel article dans la presse à ragots.

La souveraine avait toujours eu un faible pour les gens originaux. Or, force était de constater que Sofia Acosta se démarquait de l'assemblée. Par sa beauté, certes, mais aussi par son apparente spontanéité. Sans oublier la couronne de fleurs fraîches qui lui ceignait le front, domptant une cascade de boucles brunes. Qui d'autre aurait eu l'idée saugrenue de se coiffer de la sorte pour assister à un banquet royal ? La robe longue se voulait plus classique, malgré l'association improbable du jaune et du rose.

Avait-il affaire à un loup déguisé en agneau ?

Le dîner touchant à sa fin, il décida d'en avoir le cœur net.

Il s'excusa auprès de ses voisins et se leva de table, dans l'intention d'aborder leur différend avant la réunion de travail en comité restreint qu'il avait planifiée à la fin du dîner.

Sofia parut surprise et quelque peu mal à l'aise en le voyant s'approcher d'elle. S'inclinant, il murmura à l'oreille de la jeune femme :

— Il faut que tu viennes avec moi, maintenant.

Deux prunelles noires le fixèrent d'un air interrogatif.

— Dois-je comprendre que tu me mets à la porte ?

— Suis-moi, s'il te plaît.

— Est-il de coutume de changer de place au moment du dessert ? s'enquit Sofia, s'adressant à la reine.

Celle-ci lui sourit gentiment.

— Pas le moins du monde, ma chère. Je crois plutôt que mon fils souhaite s'entretenir avec vous en tête à tête. Ai-je raison, Cesare ?

— Tout à fait, répondit-il, bien que le ton de sa mère ait pu laisser supposer qu'il s'agissait d'un aparté romantique et que cette idée ne lui ait même pas effleuré l'esprit.

Un délicat parfum de fleurs lui parvint quand la jeune femme se leva et fit une gracieuse révérence à son hôtesse tout en la remerciant de son hospitalité.

— Revenez-nous vite, déclara celle-ci. Votre compagnie me manque déjà.

— Méfie-toi de mon frère, ajouta Olivia d'un ton moqueur. Il a la fâcheuse manie d'accaparer les personnes qui l'intéressent, et il déteste qu'on lui résiste !

— Allons dans le jardin, décréta Cesare lorsqu'ils se trouvèrent hors de portée des oreilles indiscrètes. Nous y serons plus tranquilles pour discuter.

Après le tort qu'elle lui avait causé, il s'attendait à ce que Sofia montre au moins quelques signes de nervosité. Au lieu de quoi, elle releva le menton et soutint son regard accusateur.

— Je te suis.

Ce qui rendait Cesare irrésistible, se dit Sofia en suivant comme elle pouvait le prince qui marchait d'un bon pas devant elle, c'était l'intensité de son regard, ce regard brun ténébreux qui donnait un caractère spécial à son visage aux traits réguliers et volontaires, mais son corps de sportif accompli ne gâchait rien. Pas étonnant que les femmes se pâment devant lui !

Le plus surprenant, c'était que, avec un physique pareil

et un rang social aussi prestigieux, Cesare soit encore célibataire à son âge. D'autant que ce n'était pas les candidates qui manquaient.

Au fait, pourquoi l'entraînait-il dans un endroit reculé du parc ? Que lui voulait-il ?

S'il espérait la convaincre de publier un démenti en la séduisant, il se trompait. Dans ce domaine, elle ne faisait pas partie des femmes libérées. Bien qu'elle ait fêté ses vingt-quatre ans, son expérience en matière de sensualité se résumait à quelques baisers volés sans intérêt, accompagnés de caresses maladroites qui l'avaient laissée de marbre. Et d'ailleurs, elle n'avait rien à voir avec les voluptueuses créatures que fréquentait le prince d'habitude.

— Dépêche-toi ! lui lança-t-il.

L'impatience de sa voix grave n'avait décidément rien de romantique. Elle traduisait plutôt une franche exaspération. De toute évidence, Cesare n'avait pas l'intention de jouer les jolis cœurs. Il ne restait donc plus qu'une hypothèse : il souhaitait s'isoler avec elle pour lui passer un savon sans que personne surprenne leur échange.

C'était de bonne guerre, et de toute façon elle le méritait, du moins si l'on s'en tenait aux apparences.

Refusant de faire un pas de plus, elle stoppa net.

— Je pense que nous nous sommes assez éloignés du palais.

Il se retourna brusquement, et elle ne put réprimer un mouvement de recul.

La silhouette imposante de Cesare se découpait dans le clair de lune. Manifestement, la beauté de ce sanctuaire de verdure en plein Rome, où flottaient le parfum subtil des jonquilles et celui, plus entêtant, du jasmin étoilé, avec les lueurs de la ville en toile de fond, ne réussissait pas à adoucir son humeur. Il cherchait à la déstabiliser.

Mais elle n'avait pas l'intention de lui donner satisfaction.

— J'aimerais connaître l'objet de cet entretien privé, déclara-t-elle, avec plus d'assurance qu'elle n'en ressentait.

— Tu le sauras bien assez tôt. Allons, suis-moi. Plus que quelques mètres.

Sur ces mots qui sonnaient comme une menace, il fit volte-face et se remit en route.

À contrecœur, elle lui emboîta le pas.

Pourquoi cette femme produisait-elle un tel effet sur lui ? se demanda une fois de plus Cesare. Parmi les créatures de rêve qui virevoltaient autour de lui, aucune n'avait aiguisé sa curiosité à ce point. Elles étaient si prévisibles que c'en était affligeant. La personnalité de Sofia, en revanche, lui semblait complexe. Cette femme était terriblement sensuelle, mais sans en avoir conscience.

Se pouvait-il qu'elle soit encore vierge ? Avec quatre frères aînés en guise de gardes du corps, cela n'aurait rien d'étonnant… Et cela éliminait d'emblée toute envie de céder à l'attirance physique qu'elle exerçait sur lui. Il préférait les femmes expérimentées à la sexualité assumée qui, comme lui, privilégiaient les liaisons sans lendemain.

Une fois arrivée devant le pavillon où devait se dérouler la réunion avec les frères Acosta, la jeune femme avait perdu de sa superbe. Il fallut qu'il entre le premier et qu'il allume toutes les lampes pour qu'elle consente, non sans hésitation, à le suivre à l'intérieur. Elle se campa au centre de la pièce, les bras croisés dans une posture défensive.

— Qu'attends-tu de moi, Cesare ?

— Une explication, pour commencer.

— Je suis désolée. Il s'agit d'un…

— D'un malentendu ? suggéra-t-il, s'efforçant vainement de contenir sa colère. Un malentendu qui risque de ruiner ma réputation et celle de tes frères par la même occasion.

— Je te répète que je suis désolée. Je déplore autant que toi la tournure prise par les événements.

— Ce qui m'importe, c'est de comprendre pourquoi tu as cru bon d'écrire ce tissu de mensonges.

— Ce n'est pas ce que tu penses…

— Vraiment ? répliqua-t-il, sarcastique. En tout cas, je te préviens : si tu as accepté mon invitation à ce banquet dans le but de collecter des bruits de couloir au palais afin de rédiger un second papier aussi pitoyable que le premier, tu auras affaire à mes avocats. Crois-moi, ils ne sont pas tendres non plus. On ne s'en prend pas impunément à la famille di Sestieri Ardente.

La tension entre eux était presque palpable. Un silence pesant succéda à sa déclaration, jusqu'à ce que les voix joyeuses des Acosta se fassent entendre.

Sofia sursauta et darda sur lui un regard chargé de ressentiment.

— Je croyais que la réunion avec Olivia et mes frères aurait lieu après le dîner, lança-t-elle sur le ton du défi.

S'imaginait-elle qu'il avait manigancé une confrontation avec ses frères et qu'elle allait devoir comparaître devant ce tribunal improvisé afin de répondre de ses actes ?

— En effet. Le dîner est fini. Tu n'entends pas l'orchestre ? La soirée dansante a commencé… Pourrais-tu distribuer les feuilles indiquant l'ordre du jour et les blocs-notes. Chacun conservera le sien jusqu'aux matchs d'exhibition.

Sofia le fixa avec une expression outrée, si semblable à celle qu'arborait volontiers sa sœur Olivia qu'il aurait éclaté de rire dans d'autres circonstances. Toutes deux avaient de nombreux points communs, notamment l'esprit combatif, ce qui n'était pas pour lui déplaire. Il aimait avoir du répondant en face de lui.

— Alors ? Qu'attends-tu pour retrousser tes manches ? s'enquit-il devant son absence de réaction.

— Que tu y mettes les formes.

— *S'il te plaît*, Sofia, aurais-tu l'obligeance de distribuer ces documents ?

— Demandé comme ça, d'accord.

Elle les répartit en deux piles.

— Tu n'as qu'à en prendre la moitié, décréta-t-elle avec un aplomb confondant. À deux, nous en aurons plus vite terminé. Nous pourrions aussi disposer les tables de façon que les participants soient face à face ?

L'idée de se retrouver en face de Sofia ne le tentait pas du tout. Jamais il n'arriverait à se concentrer.

— Inutile. Il s'agit d'une réunion informelle entre amis.

— Mais nous avons quand même besoin de blocs-notes ?

— Comptes-tu contester chacune de mes décisions ?

— Uniquement si cela me semble justifié, rétorqua-t-elle du tac au tac.

Quelle tête de mule !

— J'ai planifié le déroulement des opérations dans les moindres détails afin d'éviter les erreurs de dates ou les conflits d'agenda, décréta-t-il d'un ton glacial, dans l'espoir de lui clouer le bec.

Elle lui adressa une grimace ironique.

— Je suis sûre que mes frères vont adorer.

— Je me suis déjà assuré que nos emplois du temps respectifs concordaient, et tes frères ont approuvé mon programme.

Ce qui revenait à l'informer qu'elle était la seule de sa famille à ne pas avoir été consultée au préalable.

Et pour cause ! Depuis la parution de l'article, il était plus proche des frères Acosta que leur propre sœur. À qui la faute ?

— Tant mieux si tes plans les satisfont, répondit Sofia avec une sincérité indéniable. Mais cela suppose-t-il que tous les participants doivent annuler leurs engagements pris précédemment pour se conformer à ton calendrier ?

— Tu parles pour toi ?

— Je pensais plutôt à ta sœur.

— Ne t'inquiète pas pour Olivia. Dès lors qu'il s'agit de tes frères, elle est prête à sacrifier bon nombre de choses. Quant à toi…

— Oui ? l'interrompit Sofia, une lueur de défi dans le regard.

— J'espère que tu feras l'impossible pour combler le fossé qui s'est creusé entre vous.

Il regretta aussitôt la dureté de ses paroles en la voyant pâlir affreusement. Mais – chassez le naturel, il revient au galop –, elle retrouva très vite son insolence habituelle.

— J'étudierai ton planning, et je te tiendrai au courant. J'ai l'impression que, dans ton monde, les hommes dirigent et les femmes s'exécutent !

Il ne put s'empêcher de rire.

— Tu y crois vraiment même après avoir rencontré ma mère et ma sœur ? Pour qu'une équipe fonctionne, il faut un minimum de discipline, et quelqu'un pour la faire respecter.

— Et ce quelqu'un, c'est toi, bien entendu ? Pourtant, je te vois plus comme un dictateur que comme un capitaine d'équipe.

Il s'apprêtait à répliquer quand la porte du pavillon s'ouvrit à la volée.

Ses amis et Olivia les rejoignaient pour la réunion.

— J'attends toujours que tu m'expliques pourquoi tu t'es abaissée à écrire un article aussi minable, prit-il le temps de murmurer à l'oreille de Sofia, pour lui signifier que la confrontation était seulement reportée.

3.

Sofia s'assit en silence à côté d'Olivia, résignée à faire le dos rond le temps de la réunion.

Pour elle, il était difficile de résister à l'excitation de disputer ces matchs de polo aux côtés de ses frères et de Cesare. Il en avait toujours été ainsi, et les circonstances actuelles rendaient cette perspective encore plus alléchante. Un certain temps, le fait d'avoir en permanence sa fratrie sur le dos l'avait étouffée, mais plus maintenant. À présent, elle regrettait leur complicité d'avant. La parution de l'article avait détérioré leurs relations de façon irrémédiable, et sa détermination ne parviendrait pas à elle seule à réparer les dégâts. Elle devait absolument trouver un moyen de regagner la confiance de ses frères…

Oui, mais lequel, sachant qu'elle ne pouvait pas leur révéler la vérité sans craindre que Howard Blake ne publie un nouveau réquisitoire plus féroce encore que le précédent, et signé de son nom ?

En tentant de sauver son refuge de la faillite, elle s'était aliénée ceux qui comptaient le plus dans sa vie. L'unique famille qu'il lui restait. Elle espérait que la poursuite d'un objectif commun – la victoire de l'équipe Lobos au tournoi de polo – leur permettrait de se rapprocher et de réinstaurer au moins un esprit de camaraderie entre eux.

Elle avait plus de mal à cerner les sentiments que lui inspirait Cesare Romano. Qu'elle le veuille ou non, cet homme l'attirait terriblement. Bien que trop sûr de lui à son goût, il était fin, d'une intelligence supérieure, et incroyablement beau et sexy. En toute honnêteté, elle devait s'avouer que le physique d'Apollon du prince la faisait complètement fantasmer… Mais de là à s'imaginer dans ses bras, il y avait un pas qu'il valait mieux ne pas franchir. Se lancer dans une telle aventure, c'était s'exposer à une cruelle déconvenue. Car Cesare lui avait signifié sans détour qu'il ne lui pardonnerait jamais le préjudice subi par sa faute.

Durant la réunion, Cesare l'exclut systématiquement des discussions, et dans les rares occasions où elle croisa le regard d'un de ses frères, elle n'obtint qu'un sourire forcé. Elle était devenue celle par qui le scandale arrive, et ils la traitaient en paria.

Seule Olivia lui témoigna de la sympathie.

— En avons-nous terminé ? s'enquit celle-ci alors que la séance tirait à sa fin.

— Tu m'as l'air bien pressée, rétorqua Cesare.

— J'ai un rendez-vous.

— « Un rendez-vous » ! Puis-je savoir avec qui ?

— Avec un ami.

Manifestement, la princesse n'avait pas l'intention d'en divulguer davantage. Elle adressa un clin d'œil de connivence à Sofia, qui, mal à l'aise, jugea préférable de s'éclipser avant que la situation ne dégénère.

— Si vous n'y voyez pas d'inconvénient, je vais regagner ma chambre pour inscrire toutes ces dates dans mon agenda, déclara-t-elle en se levant.

Visiblement pressée d'échapper à un interrogatoire en règle, Olivia l'imita.

— Je t'accompagne.

Quand cinq colosses dominateurs s'arrogeaient le droit de régenter la vie de deux jeunes femmes, le salut était dans la fuite ! Olivia, comme Sofia, en savait long sur le sujet. Cette expérience avait contribué à leur forger le caractère.

— Pas si vite !

Sofia stoppa net. Cesare la retenait par le bras.

Elle s'écarta pour laisser sortir les autres puis, furieuse, fit volte-face afin d'affronter le prince.

— Que me veux-tu *encore* ?

— Poursuivre notre conversation de tout à l'heure. Vas-y, explique-toi. Je t'écoute.

— À quoi bon ? De toute manière, tu m'as déjà condamnée !

Il ne cilla pas.

— J'aimerais néanmoins entendre tes excuses.

— Tu vois ! Le verdict est déjà rendu : coupable !

— Dois-je te rappeler que la preuve est parue dans la presse pas plus tard que le mois dernier ? Tu admettras que ce détail ne joue pas en ta faveur. Toutefois, si tu détiens des éléments susceptibles de me faire changer d'avis sur ton compte, c'est le moment ou jamais de me les communiquer. Pour l'instant, je te considère comme une traîtresse cupide et sans scrupule.

L'insulte lui fit l'effet d'un uppercut.

— On dirait que tu prends un malin plaisir à m'humilier !

— Pas du tout. En revanche, une collaboration me paraît difficile, voire impossible, tant que je n'aurai pas le début d'une idée quant à tes motivations. En dehors de l'aspect financier, bien sûr. Au risque de te décevoir, sache que tu dois ton recrutement dans l'équipe à deux raisons : tes talents de cavalière et ta notoriété liée à tes prouesses journalistiques. Nul doute que les gens se déplaceront en nombre pour vérifier si tu manies le maillet avec autant de brutalité que la plume !

Comment se justifier ? Elle ne pouvait s'en prendre qu'à elle-même. Elle s'était montrée d'une naïveté affligeante et, face au magnat anglais de la presse people, elle ne faisait pas le poids. Elle avait grandi dans le milieu du polo. Connaissant cet univers par cœur, elle s'en était tout naturellement inspirée. D'autant qu'y évoluaient le gratin de l'aristocratie européenne et de nombreuses célébrités internationales. Elle avait donc étayé son portrait de quelques anecdotes censées divertir le lecteur. Or, ces informations avaient apporté de la crédibilité aux mensonges finalement publiés en son nom.

Avec le recul, elle se demandait si ce requin de Blake ne ciblait pas spécifiquement Cesare. Le prince avait plus à perdre dans cette manipulation sordide que la fratrie Acosta. Excepté Dante, marié et heureux en ménage, les frères de Sofia se moquaient éperdument de passer pour les *bad boys* du polo.

— Alors ? s'exclama Cesare, interrompant le cours de ses pensées. Tu n'as aucune explication à me fournir ?

Elle haussa les épaules.

En tout cas, aucune qu'elle puisse formuler. Il fallait à tout prix mettre Howard Blake hors d'état de nuire. Cet homme était le diable personnifié, et sa prochaine victime serait peut-être plus vulnérable qu'elle. Elle avait l'intention de mener sa petite enquête, car l'article contenait des détails qu'elle-même ignorait. Il y avait donc eu un autre informateur. Le tout était de découvrir de qui il s'agissait.

— Je n'ai pas d'excuse, se contenta-t-elle de répondre. La proposition de Howard Blake s'est présentée à un moment où j'avais désespérément besoin d'argent. Elle tombait à pic.

— Tu avais « désespérément besoin d'argent » ? répéta Cesare, incrédule.

— Je ne détiens pas de part dans l'empire technologique qu'ont créé mes frères. J'ai investi mes deniers personnels dans la fondation d'un refuge pour personnes en difficulté. L'institution a connu un tel succès que j'ai dû embaucher du personnel supplémentaire. Maintenant, il me faut des fonds pour renflouer les caisses.

— Pourquoi ne pas avoir sollicité tes frères ?

— Parce que je suis attachée à mon indépendance et que je me sens parfaitement capable de m'en sortir sans leur aide.

— Combien de temps estimes-tu pouvoir tenir avec ce que t'a rapporté ce fichu article ?

Il la fixait d'un œil accusateur. Dans son esprit, il n'y avait aucun doute, elle était coupable.

— Qui es-tu pour me juger sans même me connaître ? En d'autres temps, tu m'aurais fait lyncher, peut-être ?

La mine du prince devint aussi sombre qu'un ciel d'orage.

— Et toi ? Tu ne sais rien de moi, si ce n'est ce que tu as lu à mon sujet sur Internet !

Il n'avait pas tort.

— Journaliste pour la presse à scandale ! Tu n'as pas honte, toi qui appartiens à une famille aussi digne et noble ? éructa-t-il. J'imagine que tu as été grassement payée pour pondre ce ramassis d'imbécillités !

— Le texte publié est très éloigné de celui que j'avais rédigé…

Il ne lui laissa pas le temps de poursuivre.

— Cesse de te dédouaner, aie au moins le courage de tes opinions !

— Libre à toi de me croire ou non. Toujours est-il que je n'ai pas eu voix au chapitre concernant la version finale et que j'ai dépensé chaque euro gagné pour ma fondation.

Cesare n'avait franchement pas l'air convaincu.

— En acceptant ta participation au tournoi de polo, je t'accorde une ultime chance de te racheter et de laver l'honneur des tiens, qui ne méritent pas la façon dont tu les as traités. J'espère que tu sauras la saisir…

Cette fois, c'en était trop ! Elle en avait assez de ses leçons de morale. De toute façon, quoi qu'elle fasse, elle ne trouverait pas grâce à ses yeux. C'était peine perdue.

— Il me semble que nous avons fait le tour de la question, déclara-t-elle froidement. Tes invités doivent s'étonner de ton absence.

Ils traversèrent le parc en direction du palais sans échanger un mot. Un répit qui lui permit de se calmer quelque peu et de réfléchir.

En fait, seule, elle n'était pas de taille pour se mesurer à Howard Blake. Il lui fallait du soutien. Mais vers qui se tourner ?

Ils avaient quasiment atteint la salle de bal quand la solution s'imposa à son esprit.

— J'ai besoin de ton aide, Cesare.

— Décidément, tu ne manques pas de toupet ! s'exclama-t-il. Tu m'as causé un tort considérable, et maintenant, tu as le culot de m'appeler à la rescousse ?

Elle comprenait sa réaction, mais elle n'avait pas le choix. Elle décida de ravaler son amour-propre. Depuis la mort de sa mère, elle avait appris à cacher ses états d'âme.

— J'ai commis une erreur, et je le regrette du fond du cœur. À présent, je veux rectifier le tir pour que la situation revienne à la normale.

— Je crains qu'il ne soit trop tard. Si j'ai un conseil à te donner, c'est de te faire oublier quelque temps après le tournoi. En tant que personne en difficulté, tu obtiendras sans mal une place dans ton refuge, ajouta-t-il sur un ton narquois. Profite du calme de la campagne espagnole pour méditer sur la portée de tes actes.

Voyant qu'il s'apprêtait à tourner les talons, la plantant là, elle lui agrippa le bras.

— Cesare, s'il te plaît !

Il ne la repoussa pas. Au contraire, son insistance parut le déstabiliser.

— S'il te plaît, murmura-t-elle d'une voix suppliante.

Et, dans un élan de spontanéité dont elle fut la première stupéfaite, elle se hissa sur la pointe des pieds et déposa un baiser furtif sur les lèvres du prince, avant de s'écarter précipitamment.

— Pardonne-moi. Je ne sais pas ce qu'il m'a pris, balbutia-t-elle.

Cette initiative de Sofia acheva de désarçonner Cesare. Une vague d'émotions contradictoires le submergea.

De toute évidence, celle-ci ne cherchait pas seulement à s'excuser. Il connaissait les signaux, mais il ne s'attendait pas à un tel geste de la part d'une femme qui l'avait calomnié et avait trahi ses propres frères. Et la détresse qu'il distinguait au fond de son regard noir si expressif instillait le doute quant à la culpabilité qu'il lui avait prêtée.

— Tu ne t'es pas créé assez d'ennuis comme ça ? lança-t-il d'une voix dure. Si tu as besoin de te divertir, rejoins plutôt les autres invités sur la piste de danse.

— Il faut absolument que je te parle, Cesare. Rien d'autre, je te le promets.

Elle s'accrochait à son bras comme une naufragée à une bouée de sauvetage.

Fût-ce le fait qu'il ait pour une fois baissé sa garde, la douceur de ses lèvres dont il venait d'avoir un aperçu, ou ce baiser innocent qui avait réveillé sa libido ? Il n'aurait su le dire mais, après tout, il n'était pas un saint ! La tentation était trop grande de serrer ce corps mince et souple contre lui et de goûter de nouveau cette bouche pulpeuse.

Il attira Sofia dans ses bras et l'embrassa.

Contre toute attente, elle répondit à son baiser avec la même fougue, se pressant contre lui. Comme si une force irrésistible les poussait l'un vers l'autre.

Mais la réaction de Sofia n'était-elle pas dictée par l'intérêt ? Il avait beau savourer la sensualité de cet instant, il ne pouvait se départir d'une certaine méfiance. Et si elle lui jouait la comédie ?

La raison prit le pas sur le reste, et il s'écarta.

Sofia le regarda, l'air désemparé.

— Pourquoi ? murmura-t-elle, portant ses doigts à ses lèvres comme pour s'assurer qu'elle n'avait pas rêvé. Pourquoi m'as-tu embrassée ? Ç'aurait été plus simple de m'ignorer jusqu'à la fin de la soirée, non ?

— Je pourrais te retourner la question.

Ses joues s'empourprèrent.

— C'est vrai, c'est moi qui ai commencé. Une fois de plus, je me suis mal conduite envers toi. Tu dois me détester.

— Détester ? C'est un grand mot !

— Pourtant, tu me regardes d'une façon si bizarre…

Il se garda bien de lui avouer que cet air bizarre n'était pas dû à la haine, mais plutôt au désir qu'elle lui inspirait.

— Dans les tiens aussi.

Elle baissa aussitôt les paupières.

— Comportons-nous en adultes et reconnaissons que nous y avons pris l'un et l'autre du plaisir, déclara-t-elle avec une franchise visiblement destinée à masquer son embarras.

Cette femme le déroutait. Elle avait l'art de souffler le chaud et le froid. Un instant séductrice, l'autre pragmatique et directe. Elle avait du cran, et elle montrait en même temps des signes de fragilité. Elle était aussi belle que Vénus, mais elle semblait ne pas en avoir conscience.

Il mourait d'envie d'enfouir les mains dans ces boucles brunes qui lui descendaient jusqu'à la taille, de s'enivrer du parfum de sa peau.

Et si ce n'était qu'une mascarade, un stratagème destiné à l'attirer dans ses filets pour mieux le manipuler ?

Cette pensée doucha instantanément ses ardeurs.

Était-ce une intrigante vénale qui n'hésitait pas à piétiner l'amour-propre de sa famille si cela servait ses intérêts, ou une ingénue victime d'une hypothétique machination ?

— Qui es-tu vraiment, Sofia ? demanda-t-il, excédé, en plongeant son regard dans le sien sans y trouver de réponse à sa question.

Sur ces mots, il tourna les talons et s'éloigna d'un pas vif, avec le sentiment étrange de fuir un danger inconnu.

4.

Sofia demeura immobile, s'efforçant de mettre de l'ordre dans ses idées.

Elle se sentait oppressée et s'en voulait terriblement. Elle avait commis une lamentable erreur en embrassant Cesare. Quand donc intégrerait-elle que céder à ses pulsions ne lui causait que des ennuis ? Elle n'aurait pas pu tomber plus bas dans l'estime de Cesare. Il avait eu beau le nier, elle l'avait lu dans son regard. Désormais, il la prenait non seulement pour une journaliste de pacotille avide de ragots, mais aussi pour une femme de petite vertu, prête si nécessaire à user de ses charmes pour parvenir à ses fins.

Quelle injustice ! Ce portrait était aux antipodes de la réalité… Même si ce baiser, trop bref à son goût, avait fait naître en elle des sensations inconnues et allumé un véritable brasier.

Elle demeura un long moment dans le parc sombre, loin de l'agitation qui régnait derrière la façade vivement éclairée du palais. Le parfum des fleurs et le calme l'aidaient à se ressaisir et à se concentrer sur la conduite à tenir dans les prochains jours.

Elle devait mener de front deux combats : d'une part trouver un moyen pérenne de maintenir son refuge à flot, d'autre part protéger ses frères et Cesare contre une nouvelle attaque potentielle de Howard Blake. Or, ce second objectif, elle n'avait pas les moyens de l'atteindre sans un soutien extérieur. Cesare Romano était un allié objectif. Il avait le bras long, et son pouvoir considérable s'étendait au-delà des frontières de l'Italie. Malheureusement, sa méfiance à son égard constituait un obstacle de taille. Il n'avait pas caché le mépris qu'elle lui inspirait…

Elle aussi se trouvait pathétique, mais broyer du noir ne menait nulle part. L'heure était venue d'agir, au lieu de perdre du temps à se lamenter sur son sort. Si elle voulait instaurer un climat de confiance entre le prince et elle, elle devait frapper un grand coup, et le tournoi de polo lui en fournissait l'occasion.

Jusqu'alors, elle avait développé deux principaux traits de caractère : l'empathie, en fondant ce refuge de toutes pièces dans le domaine hérité de ses parents, et la créativité artistique à travers la peinture. Une façon d'éviter de se confronter à la réalité du quotidien. À présent, il était temps de miser sur un troisième : la combativité. Elle allait devoir passer en mode guerrier. Finis les faux pas et les tergiversations ! Malgré le côté surprotecteur de ses frères qui s'arrogeaient un droit de regard sur sa façon de vivre, elle avait toujours réussi à se débrouiller, et elle avait la ferme intention de continuer. La partie s'annonçait ardue, mais pas impossible. Il s'agissait de vaincre la défiance générée par son initiative malheureuse et de s'allier l'homme le plus puissant et intransigeant de son entourage pour neutraliser un adversaire des plus retors. Le moment n'était pas mal choisi, car Cesare avait besoin d'elle. Néanmoins, elle ne devait pas perdre de vue qu'il ne l'appréciait pas et qu'il ne verserait pas une larme si jamais elle échouait.

Mais depuis quand la vie était-elle un long fleuve tranquille ? Il y avait toujours un obstacle pour se dresser sur le chemin. Celui-là s'avérait plus difficile à franchir que d'autres, rien de plus.

Un coup d'œil au programme logistique du tournoi lui confirma que le prince était le partenaire idéal pour mener à bien sa mission. Quand il s'investissait dans un projet, il ne laissait rien au hasard et ne lésinait pas sur les moyens. Par ailleurs, il avait des relations dans le monde entier. Son réseau pourrait s'avérer précieux puisque le siège du groupe de presse de Blake était basé à Londres.

D'un autre côté, l'attirance qu'elle éprouvait pour Cesare ne lui facilitait pas les choses. Elle allait avoir besoin de tout son sang-froid pour affronter Cesare !

Elle prit une profonde inspiration et se dirigea d'un pas décidé vers la salle de bal, dont les portes-fenêtres donnaient sur la terrasse.

Sofia n'avait toujours pas fait son apparition au bal. Bon sang, où était-elle passée ? Après l'intermède de tout à l'heure, s'était-elle réfugiée dans sa chambre ?

Son intuition lui soufflait le contraire. La jeune femme n'était pas du genre à se dérober. Il lui avait fallu du cran pour se construire cette personnalité de battante avec quatre frères qui, tout en la couvant, ne la ménageaient guère. C'était sans doute aussi la raison pour laquelle elle n'avait pas encore croisé l'âme sœur, à en croire la rumeur.

De la fratrie Acosta, seul Dante avait trouvé l'amour. Son épouse, Jess, une fille de fermier dynamique et pragmatique, exerçait le métier de kinésithérapeute spécialisée dans le domaine sportif. C'était elle qui avait permis à Dante de surmonter les séquelles de son accident, alors que les médecins avaient baissé les bras après des mois de traitement.

Cesare observa discrètement le couple enlacé sur la piste de danse.

Ces deux-là s'aimaient, cela sautait aux yeux. Ils avaient eu de la chance de se rencontrer. Depuis, ils étaient inséparables, organisant leur emploi du temps commun en fonction de leurs contraintes professionnelles et sportives respectives. De toute évidence, ce mode de vie leur réussissait à merveille.

Il se réjouissait sincèrement de leur bonheur conjugal. Pour sa part, il n'avait pas encore atteint ce stade…

— Cesare ?

Sofia !

Il se retourna brusquement et fut de nouveau frappé par sa beauté.

— Je ne m'attendais plus à te voir.

— Est-ce une bonne ou une mauvaise surprise ? lança-t-elle avec un certain détachement.

— Que puis-je faire pour toi ? s'enquit-il d'un ton peu amène.

En réalité, il était furieux contre lui-même. En présence de la señorita Acosta, il avait du mal à maîtriser ses émotions, ce qui l'exaspérait au plus haut point.

— Mauvaise, a priori, lâcha-t-elle, ironique.

Il se contenta de froncer les sourcils.

— Je suis venue faire la paix. Nous quereller sans cesse ne rime à rien, d'autant que le succès du tournoi dépendra étroitement de l'entente au sein de l'équipe de polo. Que dirais-tu d'enterrer la hache de guerre dès maintenant ?

Il lui jeta un regard circonspect.

Une fois de plus, elle le prenait de court. Elle affichait une attitude calme et détendue, comme si elle avait déjà oublié l'épisode du baiser.

— Veux-tu que je te trouve une place assise ? proposa-t-il dans un effort de courtoisie.

— Non merci.

— Si ma mémoire est bonne, ma mère a exprimé tout à l'heure le souhait de te revoir avant la fin de la soirée.

— C'est exact. Dans ce cas, je veux bien que tu me conduises jusqu'à elle si tu n'y vois pas d'inconvénient.

Il la sentit frémir quand il glissa son bras sous le sien pour la guider, mais son visage demeura impassible. Un self-control admirable !

La reine sourit en les voyant approcher.

— Je me demandais, mon fils, quand tu finirais par te décider à inviter Sofia à danser !

— Danser ! se récria-t-il.

Sa mère feignit d'ignorer son manque d'enthousiasme.

— Au cas où tu ne l'aurais pas remarqué, ta sœur est sur la piste avec l'un des frères de Sofia. Alors, qu'attendez-vous pour les imiter ?

— Je vous en prie, Votre Majesté, protesta poliment Sofia. Cesare préfère certainement se consacrer à ses hôtes de marque.

De toute évidence, elle n'avait guère envie de se retrouver dans ses bras !

— Bien sûr que non, insista la souveraine d'un ton impérieux qu'elle employait rarement à l'égard de ses enfants. Le prince manquerait à tous ses devoirs en refusant de danser avec la plus belle de ses invitées.

— Vos désirs sont des ordres, déclara Cesare en s'inclinant.

— Je saurai m'en souvenir.

— Je n'en doute pas une seconde, répondit-il en échangeant un regard complice avec la femme qu'il respectait le plus au monde.

— Cela ne m'enchante pas plus que toi, glissa-t-il à l'oreille de Sofia lorsqu'ils se furent éloignés. Une danse, et nous aurons rempli le contrat.

— Tu oublies le tournoi, où il nous faudra aussi faire bonne figure.

— Le moment venu, tu tiendras ton rôle, et moi le mien.

— Tu peux compter sur moi.

Il lut dans ses yeux une détermination qui ne l'étonna pas. Sofia Acosta n'était pas adepte de la demi-mesure. Lorsqu'elle se lançait dans un projet, elle ne ménageait pas ses efforts.

Ils avaient rejoint la piste. Eu égard à son rang de prince, les autres couples de danseurs s'interrompirent et s'écartèrent sur leur passage. Impossible désormais de reculer. Sinon, les mauvaises langues s'en donneraient à cœur joie.

L'orchestre entama une valse, et ils s'élancèrent.

— Détends-toi, enjoignit-il à Sofia, raide comme un piquet. À moins que tu ne cherches à attiser la rumeur.

— Plus que je ne l'ai déjà fait ? répondit-elle d'un ton cynique. Ma seule présence ici suffit à susciter les commérages. Personne n'a oublié l'article.

— À commencer par moi. Cependant, j'ai décidé de rester au-dessus de la mêlée, et nous avons là une parfaite opportunité de faire taire les colporteurs de ragots.

— Est-ce l'unique raison pour laquelle tu t'es plié à la demande de ta mère ?

— Quelle autre pourrait-il y avoir ?

Remarquant que plusieurs invités autour d'eux avaient discrètement sorti leur téléphone portable pour les prendre en photo, il attira Sofia tout contre lui.

— Jouons le jeu, chuchota-t-il.

Elle lui adressa un sourire éblouissant dont il ne fut pas dupe.

Au moins, elle avait le bon sens ne pas lui opposer de résistance ! Il lui découvrait un nouveau trait de caractère : quand les circonstances l'exigeaient, la señorita Acosta savait être une excellente comédienne. Il avait intérêt à ne pas l'oublier…

Quoi qu'il en soit, « jouer le jeu » se révélait beaucoup plus plaisant qu'il ne l'aurait imaginé. Trop même, à en juger par la tension au niveau de son entrejambe… Sofia se mouvait à présent au rythme de la musique avec un naturel et une sensualité à damner un saint. Elle était des plus convaincantes, et il y avait fort à parier que chacun, dans cette digne assemblée – à part lui, évidemment –, les croyait réconciliés.

— Où as-tu appris à si bien jouer la comédie ? chuchota-t-il, sa bouche tout près de son oreille.

— Qui te dit que je simule ?

Ce n'était plus juste sa voix qui tremblait, à présent ; c'était tout son corps qui vibrait.

— *J'espère* que tu simules. Moi, c'est le cas.

— Et moi qui te prenais pour un gentleman, répliqua-t-elle d'un ton malicieux. Maintenant, je sais qu'un prince peut aussi se comporter comme un rustre.

— Touché, rétorqua-t-il, luttant contre l'envie de rire. Je voulais juste te rappeler qu'il ne s'agit que d'une mascarade.

— Je l'entendais bien ainsi.

Et elle se pressa davantage contre lui.

Impossible que son érection lui ait échappé !

La repartie suivante le lui confirma.

— Toi aussi, tu donnes bien le change, murmura-t-elle, l'air moqueur.

— Une réaction purement mécanique et très normale chez un homme confronté à une femme extrêmement provocante. Ton attitude est pour le moins... déconcertante. Avec toi, on ne sait jamais à quoi s'en tenir.

— Je m'efforce, comme toi, de créer l'impression que tout va pour le mieux dans le meilleur des mondes entre nous. Nous n'avons rien à gagner à ce que le bruit coure que nous sommes à couteaux tirés.

— Quelques frictions entre nous pourraient attirer davantage de spectateurs aux matchs d'exhibition.

— À mon avis, rétorqua-t-elle, nous avons intérêt à laisser planer le mystère sur la nature exacte de notre relation.

Il jugea plus judicieux de se taire. Sa priorité immédiate, c'était de dissimuler à ses invités le désir fou que lui inspirait ce corps souple entre ses bras, d'empêcher sa main plaquée au creux des reins de sa cavalière de s'aventurer plus bas, et sa bouche de s'emparer de ces lèvres pulpeuses dont le goût restait gravé dans sa mémoire.

Une seconde valse succéda à la première. Impossible de s'esquiver sans risquer de froisser sa mère.

— Tu as l'air contrarié.

Décidément, rien ne lui échappait.

— Je réfléchis, répondit-il, s'obligeant à sourire pour la galerie.

— Manifestement, il s'agit d'un sujet grave ?

— Je me demandais si tu avais collecté assez d'informations croustillantes pour ton prochain article.

Il avait parlé trop vite. D'ordinaire, il pesait ses mots, mais Sofia avait le don de l'irriter, et il résistait difficilement à l'envie de la provoquer.

La réaction ne se fit pas attendre. Elle se raidit, et ses doigts se crispèrent sur son épaule.

— Je suis ici parce que tu m'as invitée, répliqua-t-elle vertement.

— Je m'y suis résigné afin de ne pas offenser tes frères.

— Comme c'est aimable de ta part !

Par chance, la musique s'interrompit, mettant fin à leur joute oratoire, et il s'empressa d'entraîner Sofia hors de la piste de danse.

— Ton supplice est terminé. Tu dois te sentir soulagé.

— J'ai connu pire comme torture.

— Et si nous allions prendre l'air dans le jardin ?

Cette suggestion saugrenue le prit complètement au dépourvu. Il jeta un coup d'œil autour de lui.

Plusieurs couples de danseurs étaient sortis sur la terrasse pour profiter de la douceur de la nuit et de la magie du ciel piqueté d'étoiles scintillantes.

Un décor propice à la romance, ce qui, les concernant, n'était pas d'actualité. Que mijotait-elle ?

— Pour quoi faire ? s'enquit-il d'un ton soupçonneux.

— Respirer. Quoi de plus naturel, après avoir dansé ?

L'idée ne lui disait rien qui vaille. Maintenant qu'il s'était acquitté de son devoir, il aspirait à mettre de la distance entre lui et cette créature aussi imprévisible qu'ensorcelante.

— S'il te plaît, insista Sofia, posant une main sur son bras. Accorde-moi une chance de me racheter.

— Une nouvelle tentative de séduction ?

L'allusion à peine déguisée la fit rougir.

— Une équipe doit être soudée. Pour cela, il est important que nous brisions la glace.

— Il faudrait plus qu'une promenade au clair de lune pour combler le gouffre qui nous sépare, assena-t-il.

Pressé de battre en retraite, il adressa à Sofia un bref signe de tête et tourna les talons.

5.

Sofia passa le reste de la soirée à se torturer l'esprit.

Elle aurait dû se douter que Cesare repousserait sa main tendue. Elle était coupable, et il n'avait pas l'intention de revenir sur son jugement. Valser avec elle n'avait été qu'une corvée dont il s'était acquitté par nécessité. En les voyant danser ensemble, l'assemblée avait paru convaincue que les tensions entre eux s'étaient estompées. N'était-ce pas tout ce qui importait ?

Quant à elle, elle avait apprécié chaque minute de ce moment, mais n'avait-elle pas brûlé les étapes ? La confiance ne se restaurerait pas du jour au lendemain. Il allait lui falloir du temps et de la patience, ce qui n'était pas son point fort.

Du coin de l'œil, elle voyait ses frères rire et plaisanter ensemble. Ils semblaient bien s'amuser et formaient un groupe uni. Un groupe dont ils l'avaient bannie. L'opprobre dont elle faisait l'objet l'attristait profondément. Si seulement elle avait le pouvoir de tout effacer d'un coup de baguette magique !

Ce genre de miracle n'existait, hélas, que dans les contes de fées, et l'article avait causé plus de tort qu'elle ne pourrait en réparer en une seule soirée. En revanche, le stage d'entraînement qui devait se dérouler dans la foulée au ranch de Cesare lui fournissait peut-être l'occasion de se réconcilier avec ses frères et le prince… Elle se sentirait plus confiante sur ce point si les cinq hommes ne l'ignoraient pas ostensiblement.

Espérant que la nuit lui porterait conseil, elle décida de se retirer. Elle remercia chaleureusement la reine pour son hospitalité et embrassa Olivia. L'amitié que lui témoignèrent les deux femmes lui fit chaud au cœur.

— Dormez bien, ma chère, lui dit la souveraine. Merci encore de nous avoir tant diverties lors du dîner !

Sofia lui sourit, reconnaissante.

Elle avait du mal à imaginer qu'une femme aussi posée et distinguée que Julia di Sestieri Ardente se soit laissé berner par un escroc. Et pourtant, à en croire la presse en ligne, c'était précisément ce qu'il s'était produit. Après la disparition de son époux, le chagrin avait obscurci son jugement, et au bout de plusieurs mois de veuvage, la reine avait succombé au charme d'un bel étranger rencontré lors d'une réception. Or, cet homme vil n'avait eu qu'une idée en tête : s'approprier le trône. Loin de la condamner pour cette faiblesse passagère, Sofia n'en éprouvait que plus de sympathie pour la mère de Cesare.

— Et si tu as un petit creux, sache que les cuisines du palais restent ouvertes vingt-quatre heures sur vingt-quatre, ajouta Olivia en riant. Mon frère a un appétit d'ogre !

Sofia rejoignit la suite somptueuse qu'elle occupait.

La vue sur le lac, par-delà les jardins, la décoration d'une discrète élégance, tout concourait au bien-être des hôtes. Mais le cadre avait beau s'y prêter, elle n'arriva pas à se détendre. Les questions sans réponse se bousculaient dans son cerveau, tandis qu'elle faisait les cent pas dans sa chambre.

Une douche l'aiderait sans doute à se remettre les idées en place.

Elle ôta sa robe puis, avec ses sous-vêtements en fine dentelle pour seule barrière à sa nudité, elle s'examina dans le miroir en pied.

Avec sa couronne de fleurs et ses cheveux qui tombaient librement sur ses épaules, elle se faisait l'effet d'une nymphe. Ne manquaient plus qu'une cascade et un preux chevalier surgi de nulle part pour l'enlever sur son fier destrier... Immédiatement poursuivi par la meute de ses frères accourus à sa rescousse pour interrompre cette aventure follement romantique !

Avec un soupir de résignation, elle alla se glisser sous le jet d'eau tiède.

Quand elle sortit de la salle de bains, elle se sentait mieux. En revanche, les émotions de la soirée lui avaient donné faim. Elle décida de s'offrir le dessert dont l'avait privée Cesare en la convoquant avant l'heure à la réunion.

Enveloppée dans un peignoir, elle entreprit de piller le panier de friandises mis à sa disposition sur la console, ce qui ne fit qu'aiguiser son appétit.

Se souvenant alors de ce que lui avait dit Olivia, elle enfila aussitôt un jean et un débardeur et descendit explorer le rez-de-chaussée.

Dans la salle de bal, l'orchestre continuait de jouer. Il y avait encore sur la piste quelques couples étroitement enlacés qui, il y avait fort à parier, finiraient la nuit dans le même lit.

À la recherche des cuisines, elle emboîta le pas à un serveur qui portait un plateau de verres sales.

Pour ce qui la concernait, elle avait juste envie de grignoter... Du moins c'était ce qu'elle croyait jusqu'à ce que, le serveur la guidant, elle parvienne aux cuisines et découvre que Cesare l'y avait devancée.

Celui-ci avait troqué son smoking contre un pantalon de jogging et un T-shirt qui mettait en valeur sa musculature.

D'une main impatiente, il disciplina tant bien que mal son abondante chevelure d'un noir de jais.

— Tu t'es esquivée, toi aussi ? Une petite fringale ? lança-t-il avant de croquer dans une énorme part de pizza.

— Et tes invités ? s'enquit-elle, surprise de le voir dans une tenue aussi décontractée alors que l'élégante soirée n'était pas terminée.

Il haussa les épaules.

— Olivia et ma mère sont restées, et ceux qui le souhaitent peuvent me rejoindre ici. De la pizza ?

— Je m'en occupe tout de suite, déclara le jeune chef qui officiait devant les fourneaux.

— Je ne voudrais pas vous déranger.

— Cela ne me dérange pas le moins du monde.

— Dans ce cas, volontiers. J'espère que ma présence ne t'importune pas, ajouta-t-elle à l'adresse du prince, renonçant à son envie de dessert. Tu avais peut-être envie d'être seul.

— Pas de problème.

— Je tiens à te dire que j'apprécie vraiment ton hospitalité.

— N'en fais pas trop, Sofia, répondit-il avec un sourire ironique.

Faire la paix avec cet homme allait exiger beaucoup de patience et de diplomatie.

— Vous avez assez travaillé pour aujourd'hui, dit-il au chef qui venait de la servir. Rentrez chez vous, d'autres prendront la relève. Vous nous avez gâtés, je vous en remercie.

— C'était gentil de ta part, commenta Sofia après le départ du jeune homme.

— Ça a l'air de t'étonner.

— Je me souviens d'une époque où tu te comportais comme un tyran.

— Avec certaines personnes uniquement, et jamais avec le personnel.

— Ah, tu l'admets !

— Oui. Quant à moi, je me souviens d'une jeune fille exaspérante, dans une *estancia* au fin fond de l'Espagne. Elle avait tout d'un garçon manqué et m'a fait une scène mémorable. Une vraie peste !

— Tu étais dans *mon* écurie, et tu n'avais pas à y imposer ta loi !

— Puis-je te rappeler que j'étais venu vous acheter des chevaux ? Décidément, tu n'as jamais su ce qui était bon pour toi.

— Peut-être parce que je me soucie davantage du bien-être des autres.

— Sauf en certaines occasions. Ton article, par exemple.

Elle poussa un soupir de lassitude.

— Combien de fois vais-je devoir faire mon mea culpa ? J'ai commis une grave erreur, je le reconnais, et je m'en excuse. J'ai manqué de discernement.

— Ton problème, c'est que tu fonces bille en tête. Tu n'as peur de rien.

Faux ! En réalité, elle était terrifiée à l'idée d'avoir perdu définitivement l'estime de sa famille.

— Sortons, décréta Cesare contre toute attente. Je veux que tu m'expliques tout, et ici, on risque de nous entendre.

Cesare avait le sentiment de jouer avec le feu.

Qu'est-ce qu'il lui avait pris de proposer à Sofia une promenade dans le parc ? Même s'il s'agissait plus d'un ordre que d'une invitation, il avait deviné à l'expression de son regard et à la rougeur intempestive de ses joues, que, malgré sa méfiance instinctive, la jeune femme pouvait se révéler dangereuse pour son propre équilibre. En sa présence, il ne maîtrisait pas toujours ses réactions, partagé entre l'envie de la rabaisser, comme elle-même l'avait fait au travers de son article, et le désir de la séduire.

C'était pourquoi il avait jugé préférable de quitter prématurément la soirée et d'aller évacuer dans sa salle de fitness la tension accumulée. Mais il avait eu beau s'escrimer sur les appareils puis s'astreindre à une douche froide, il n'avait pas réussi à chasser Sofia de son esprit.

Tandis qu'ils cheminaient, il l'observa du coin de l'œil.

Avec ses longs cheveux encore humides et ses petites boucles rebelles encadrant son visage débarrassé de toute trace de maquillage, elle était franchement craquante. C'est alors qu'il avisa une petite tache brune au coin de sa bouche.

— J'espère que tu as apprécié les friandises mises à disposition dans ta suite.

— Comment le sais-tu ? demanda-t-elle, les sourcils froncés.

— Élémentaire, mon cher Watson ! Tu as une tache de chocolat sur la joue.

Sa remarque lui valut un sourire espiègle.

— Ça ne te gêne pas que tes invités puissent te surprendre dans cette tenue, en train de te promener avec moi en pleine nuit ?

— Non, pourquoi ? Ils ne manquent de rien, et je suis sûr qu'ils s'amusent très bien sans moi.

— Oui, mais…

— Mais quoi ? Tu es inquiète de te trouver seule avec moi dans le jardin ? Tu crains de ne pas résister à mon charme légendaire ?

Sofia lui coula un regard en biais.

— Parce que tu te crois irrésistible ?

— On le dit.

— Quelle modestie ! s'exclama-t-elle en riant.

Par un accord tacite, ils avaient emprunté l'allée conduisant au pavillon où s'était tenue la réunion plus tôt dans la soirée. La présence de statues de vestales en marbre blanc ajoutait à la poésie de cette oasis de verdure en plein Rome… et au trouble de Sofia.

Il fallait bien l'avouer, ce prince extrêmement séduisant ne la laissait pas insensible.

Des voix s'élevèrent un peu plus loin.

— Entrons, décréta Cesare comme ils atteignaient le pavillon. Nous serons plus au calme pour discuter.

Non sans une certaine appréhension, elle le suivit à l'intérieur. Il referma la porte derrière et s'adossa contre le battant. Il y eut un long silence durant lequel ils s'évaluèrent du regard. Puis, comme mus par une force invisible, chacun fit un pas vers l'autre.

— Je ne crois pas que ce soit une bonne idée, murmura-t-elle d'une voix tremblante alors que leurs bouches se frôlaient.

— Moi non plus.

Mais il l'attira vers lui.

Alors, elle noua ses bras autour de sa nuque et renversa la tête en arrière en une invite silencieuse.

Avec une douceur surprenante, Cesare lui déposa une pluie de baisers sur le cou, le menton, les joues, avant de s'emparer de sa bouche.

Quand leurs langues s'unirent, elle sentit une onde électrique la parcourir. Tout à coup, plus rien d'autre ne comptait que cet instant volé. Peu importait son inexpérience ou le fait qu'ils venaient de franchir une limite au-delà de laquelle elle s'aventurait dans l'inconnu, elle ne pensait plus qu'à obéir à ses sens qui lui dictaient de s'abandonner.

Sans cesser de l'embrasser, il l'entraîna jusqu'à la table de conférence et la plaqua contre le rebord.

Elle sentait la dureté de son sexe contre son pubis. Elle avait conscience de ses gémissements de volupté, mais c'était plus fort qu'elle, elle ne pouvait pas les étouffer. Le désir lui tordait le ventre, et il s'intensifia lorsque Cesare glissa les doigts sous son débardeur et se mit à titiller la pointe érigée de ses seins. Puis il s'écarta pour ôter son T-shirt tandis que, d'une main rendue fébrile par l'impatience, elle se débarrassait du sien.

À présent, ils étaient à demi-nus, face à face, se contemplant l'un l'autre.

— Tu as des seins magnifiques, murmura-t-il.

Pour toute réponse, elle battit des cils.

Elle avait désespérément envie de ce torse puissant dont la fine toison brune accentuait la virilité, du contact de sa peau contre la sienne, d'en respirer le parfum épicé. Elle était prête à aller jusqu'au bout, et tant pis pour les convenances. Son intuition lui soufflait que Cesare la satisferait comme nul autre ne saurait le faire.

Elle se blottit contre lui et leva les yeux vers son visage.

Ce fut alors qu'elle surprit une lueur étrange dans son regard, comme si un déclic venait de se produire en lui.

Il s'écarta d'elle et recula d'un pas.

— Tu n'avais pas l'intention de me parler de quelque chose ? s'enquit-il avec détachement.

Ce brutal changement d'attitude la prit complètement de court. Manifestement, le prince avait voulu lui démontrer qu'elle n'était pas de taille à se mesurer à lui et qu'il pouvait la manipuler à sa guise.

Honteuse de s'être laissé berner aussi facilement, elle s'empressa de se rhabiller.

— Alors, de quoi s'agit-il ?

Le ton de Cesare trahissait une vive impatience.

— J'avais une bonne raison d'écrire cet article, déclara-t-elle, s'efforçant de maîtriser le tremblement de sa voix.

— Je me demande bien laquelle ? Était-ce pour me l'expliquer que tu m'as accompagné dans le jardin ? Ou était-ce pour user de tes charmes indéniables et tenter de me séduire en espérant que je passe l'éponge ?

Quel goujat ! Elle ne l'avait quand même pas forcé à l'embrasser. D'autant que c'était lui qui l'avait entraînée à l'intérieur du pavillon sous prétexte qu'ils y seraient plus tranquilles pour discuter. D'ailleurs, « discuter » était un bien grand mot. Ils étaient incapables de communiquer de façon posée.

— J'ai juste saisi l'opportunité de m'entretenir avec toi, répliqua Sofia sèchement. Je voulais te convaincre de ne pas juger sur les apparences.

— Les apparences ? Tu es dans le déni le plus total ! Comme si cet article n'avait jamais existé.

— Si seulement tu connaissais la vérité…

— La vérité, j'aimerais la connaître. Seulement, bien que tu prétendes le contraire, tu ne sembles pas disposée à me faire part de ta version des faits.

Il ramassa son T-shirt et se dirigea vers la porte.

— Tu t'en vas ? demanda-t-elle, déconcertée par tant de virulence et de mauvaise foi.

— Pourquoi resterai-je ?

— S'il te plaît, je… Écoute-moi. J'avais besoin de cet argent pour le refuge.

— Ça, je le sais déjà. J'espérais que tu aurais quelque chose de nouveau à m'apprendre.

— Qui refuserait de travailler pour un groupe de presse aussi connu ?

— Toute personne sensée. Il est de notoriété publique que ce tabloïd n'est qu'un ramassis de commérages mensongers.

— Il a des centaines de milliers d'abonnés…

Cesare balaya cet argument d'un revers de main.

— L'article m'a rapporté une belle somme. Mais, bien sûr, le prince Cesare Romano di Sestieri Ardente ignore ce que l'on ressent quand on se trouve acculé financièrement !

— Cette remarque prouve à quel point tu me connais mal.

Et pour cause ! Cesare était étonnamment discret sur son passé.

— Je ne cherche pas à t'apitoyer sur mon sort. J'ai eu une enfance choyée, je ne manquais de rien. Mais le choc a été d'autant plus brutal quand mes parents sont morts.

— Cela ne t'a pas empêchée de brader les valeurs qu'ils t'ont inculquées, d'oublier ton sens de l'honneur. Et tout ça pour quoi ? Par appât du gain. J'ai du mal à croire que, avec le nom que tu portes, les banques t'aient tourné le dos.

— J'avais atteint le maximum de ma capacité d'emprunt. Je n'ai pas vu ce qu'il pouvait y avoir de mal à présenter aux lecteurs la vie de ceux qui les font rêver. Le sujet était traité sur le ton de l'humour, sans trop divulguer de détails personnels ni abonder dans le scandale.

— Dans ce cas, nous avons une définition radicalement différente de l'humour.

Comme elle s'apprêtait à protester, il leva la main pour lui imposer le silence.

— Pour le bien des œuvres caritatives que nous soutenons, mieux vaut tourner la page. Ta participation au tournoi devrait nous valoir davantage de public que l'an dernier. Les curieux n'hésiteront pas à payer le prix fort pour nous voir jouer ensemble. Nous jouerons donc la comédie, comme au bal de ce soir. En revanche, ne t'avise pas de confondre bonnes manières et absolution. Me fais-je bien comprendre ?

— Parfaitement.

— Dans ce cas, je te souhaite une bonne nuit.

Après le départ de Cesare, elle essaya de mettre à profit le calme du pavillon pour réfléchir à la situation.

Malgré ses efforts, elle n'avait pas progressé d'un pouce dans ses relations avec le prince, hormis sur le plan physique... ce qui risquait d'envenimer encore les choses. Plus elle se livrait, plus il s'esquivait.

Le cœur lourd, elle regagna sa suite.

6.

Le lendemain matin, l'équipe Lobos et son staff quittèrent Rome pour se rendre dans l'extrême nord-ouest de l'Italie, au centre d'élevage et d'entraînement.

Cesare avait aménagé son ranch avec une élégante simplicité, privilégiant le confort et la qualité des équipements à un luxe ostentatoire qui aurait détonné dans cet environnement rural. Rien n'avait été laissé au hasard pour garantir le bien-être des chevaux…

Ainsi que celui de nombreux autres animaux, songea-t-il en voyant ses chiens se précipiter pour l'accueillir, quêtant des caresses et des friandises.

Il se prêta de bonne grâce au rituel des retrouvailles, veillant à distribuer les marques d'affection de façon équitable.

— Tu as des admirateurs, à ce que je vois.

En entendant la voix de Sofia, il se retourna, aussitôt sur ses gardes.

Par chance, elle n'était pas seule. Son frère Dante l'accompagnait.

— Le reste de l'équipe nous attend sur le terrain, annonça celui-ci.

— Parfait, répondit Cesare, prenant soin de ne pas regarder Sofia. Dans ce cas, dépêchons-nous.

— Comme vous le savez, déclara-t-il lorsqu'ils furent tous réunis, j'ai demandé à Jess de superviser notre préparation physique.

L'épouse de Dante lui adressa un sourire de connivence.

— Jess est une kinésithérapeute de haut niveau. Elle est capable d'accomplir des miracles, Dante peut en témoigner. Mais ne vous fiez pas à son apparente douceur. Elle ne plaisante pas avec la discipline. Nous allons tous en baver !

Son dernier commentaire déclencha des huées moqueuses parmi l'assistance.

— Merci à Son Altesse pour ce portrait si fidèle et à vous pour vos encouragements ! s'exclama en riant la jolie rousse quand le calme fut revenu. Toutefois, je ne mériterai vos compliments que si nous gagnons le tournoi. Dans cette optique, j'ai mis au point un programme d'entraînement, et je puis vous assurer que vous n'aurez rien à envier aux équipes professionnelles ! J'attends de vous de l'enthousiasme et de la rigueur. Petit scoop : je travaillerai en tandem avec une personne ici présente : Sofia.

— Quel intérêt ? lança Cesare, s'en voulant aussitôt d'avoir parlé trop vite.

— Quel intérêt ? répéta Jess d'un ton amusé, s'imaginant sans doute qu'il plaisantait. Je ne connais personne de plus compétent que Sofia pour forger un esprit d'équipe. Je l'ai vue à l'œuvre avec ses frères…

Cesare émit malgré lui un grognement sceptique qui lui valut un regard surpris de Jess :

— J'ai également eu l'occasion de constater son altruisme et ses aptitudes en matière d'organisation. Il suffit de visiter son refuge pour s'en rendre compte. Elle ne ménage ni son temps ni ses efforts pour redonner le goût de vivre à ceux qui l'ont perdu, leur réapprendre à avoir confiance en eux et dans les autres.

Ce panégyrique commençait à taper sur les nerfs de Cesare, à en juger par la mine renfrognée des frères Acosta, il n'était pas le seul. Il décida de reprendre la parole :

— Comme tu veux, Jess, mais c'est à toi que j'ai confié la mission de nous coacher, et c'est sur toi que nous comptons.

Il n'aurait pu être plus clair.

Du coin de l'œil, il vit le visage de Sofia se crisper.

— Sans une confiance mutuelle entre tous les joueurs, reprit Jess, imperturbable, vous aurez beau monter les meilleurs poneys du monde et vous entraîner douze heures par jour, vous n'arriverez à rien. Chacun connaît les points forts et les points faibles de ses coéquipiers. En revanche, Cesare et la fratrie Acosta ont l'habitude de jouer ensemble, et vont devoir se défaire de quelques habitudes pour intégrer les deux recrues féminines que sont Olivia et Sofia. Je n'attends pas seulement de vous de l'habileté et des prouesses sportives, mais une adhésion totale au groupe. Le succès dépendra de la cohésion de l'équipe.

Le discours de Jess était plein de bon sens, mais il ne voyait toujours pas en quoi consisterait le rôle de Sofia.

— Je t'ai invitée à jouer dans notre équipe lors des matchs d'exhibition, lui dit-il discrètement, mais je ne me rappelle pas t'avoir embauchée pour seconder Jess.

— Tu n'as pas eu à le faire, murmura-t-elle avec le sourire. Elle me l'a proposé, et j'ai accepté de l'aider bénévolement.

Il réprima avec peine un mouvement d'humeur.

Il détestait qu'on le mette devant le fait accompli. Comble de l'ironie, Sofia ne travaillant pas pour lui et, en l'absence d'un contrat en bonne et due forme, il n'avait aucun moyen de se passer de ses services !

Avec un sans-gêne agaçant, la jeune femme prit la parole :

— Je sais que vous avez tous des emplois du temps surchargés, et je vous remercie de vous être libérés pour participer à ce stage d'entraînement. Bien que nous nous connaissions tous de très longue date, il me paraît essentiel que nous nous comportions non pas comme des frères et sœurs ou de vieux amis, mais comme des partenaires mobilisés pour atteindre un objectif commun : la victoire.

Pour qui se prenait-elle ? Encore un peu, et elle se serait octroyé la paternité du projet !

Se sentant proche de l'explosion, Cesare secoua la tête.

— Assez palabré. Maintenant, au travail !

Jess n'avait pas menti, cette première séance d'entraînement fut des plus éprouvantes physiquement.

Dans son for intérieur, Sofia reconnaissait volontiers qu'elle n'était pas au niveau de ses frères et de Cesare, tous de solides gaillards et des joueurs hors pair qui n'avaient pas l'intention de ménager leurs coéquipières. Néanmoins, hors de question de déclarer forfait ! Elle s'efforçait de compenser son manque de puissance par son habileté et son agilité. Tout comme Olivia, elle avait à cœur de démontrer sa valeur ajoutée au sein de l'équipe. Son poney lui rendait les choses moins difficiles, car il était d'une vivacité remarquable et lui obéissait au doigt et à l'œil.

Jess s'était arrangée pour que les exercices, bien qu'exténuants, restent ludiques. Il y avait longtemps – depuis son adolescence, en fait – que Sofia n'avait pas éprouvé de telles poussées d'adrénaline à cheval. Elle adorait s'élancer à plein galop et se pencher dangereusement, jusqu'au point de rupture d'équilibre, pour frapper dans une cannette vide qui semblait prendre un malin plaisir à se dérober.

Quand Jess siffla la fin de la séance, elle se sentait heureuse, mais fourbue. Elle eut toutes les peines du monde à mettre pied à terre et à mener dignement sa monture jusqu'à la sellerie, puis elle s'évertua à débarrasser le poney de son harnachement.

La selle semblait peser une tonne et l'animal ne cessait de s'agiter, pressé de regagner son pré.

— Tu as besoin d'un coup de main ?

Elle faillit sursauter.

Appuyé contre le mur, Cesare l'observait.

— Je vais me débrouiller, merci.

— À te voir, on jurerait que tu vas t'effondrer d'une minute à l'autre.

Il n'avait pas tort, c'était à peine si ses jambes la portaient.

Sans plus lui demander son avis, il lui prit la selle des mains et l'emporta à l'intérieur, où le reste de l'équipe achevait de ranger l'équipement. Les palefreniers se chargeraient de le nettoyer plus tard.

— J'ai prévu un spectacle en début de soirée, annonça le prince à la cantonade.

— Cela ne suppose pas de se déplacer, j'espère ? grogna Olivia. Je n'ai pas l'intention de me coucher tard. Là, maintenant, je ne rêve que d'une chose : me prélasser dans un bain bien chaud !

Jess se montra plus enthousiaste.

— Quelle charmante attention ! s'exclama-t-elle en glissant son bras sous celui de son mari. N'est-ce pas, mon chéri ?

— Tu peux aussi compter sur moi, déclara Sofia. À condition que je ne m'endorme pas dans la baignoire !

— Ta présence nous manquerait, rétorqua Cesare à la surprise générale.

Mais si Sofia avait espéré lire dans son regard un peu de chaleur, elle en fut pour ses frais. L'expression du prince ne trahissait rien d'autre que de la suspicion.

Penché au-dessus de la fontaine de la cour, Cesare s'aspergea le visage et le torse.

Chacun s'était retiré dans sa chambre pour se reposer et se préparer en prévision de la soirée. Les lads s'étaient occupés des chevaux, mais il préférait s'en assurer. Les poneys avaient travaillé aussi durement que leurs cavaliers, voire plus.

Il se lissa les cheveux vers l'arrière, jeta son T-shirt sur ses épaules encore humides, puis pénétra dans l'écurie.

Le confort de ses animaux lui importait autant que celui de ses hôtes, et le bâtiment méritait, sans exagération, le qualificatif de luxueux.

— Sofia, tu es encore là ?

Il aurait dû s'en douter !

— Euh, oui, marmonna la jeune femme, visiblement

décontenancée. Je voulais juste vérifier que les chevaux ne manquaient de rien.

— Désolé. Si j'avais su que je te trouverais ici, j'aurais enfilé un polo.

— Pas de problème, je t'ai déjà vu torse nu, répliqua-t-elle, faisant allusion à un épisode peu glorieux qu'il aurait préféré oublier.

Cette manie de toujours vouloir avoir le dernier mot l'irritait. En revanche, Sofia Acosta venait de remonter d'un cran dans son estime en se souciant plus du bien-être des chevaux que du sien.

Un silence gêné s'établit.

— Tu devrais aller te rafraîchir avant le spectacle.

— S'agirait-il d'un message subliminal ?

Il choisit d'ignorer la pique.

— En l'honneur de ta famille, j'ai fait appel à un groupe de flamenco andalou.

— C'est très gentil de ta part. Un conseil afin d'éviter que la soirée tourne au fiasco : interdis formellement à mes frères de chanter !

— Et toi ? Je me suis laissé dire que tu dansais le flamenco à la perfection.

— C'était il y a longtemps…

Il y avait une telle nostalgie dans la voix de Sofia, et elle eut soudain l'air si fragile, qu'il dut résister à l'envie de la prendre dans ses bras.

Elle avait autant le don de l'émouvoir que de l'exaspérer. S'il devait la définir en cet instant précis, il la décrirait comme une personne douée d'une grande sensibilité, intelligente, libre d'esprit et éprise d'indépendance, franche et spontanée, avec du cran. En bref, un portrait idéal. Que lui était-il arrivé pour qu'elle s'abaisse à colporter des ragots proches de la diffamation à l'encontre de ses proches ?

— J'insiste. J'aimerais que tu nous montres tes talents.

— Je m'efforcerai de ne pas vous décevoir.

Puis, après un dernier regard appuyé, elle tourna les talons.

Il la regarda s'éloigner de sa démarche gracieuse et la vit se lancer dans une discussion joyeuse avec Olivia, rencontrée sur son chemin.

Sa sœur et elle semblaient s'entendre à merveille. Elles étaient toutes deux des battantes.

Il en profita pour admirer la silhouette parfaite de son invitée, ce qui réveilla sa libido.

Il désirait cette femme plus qu'il n'en avait jamais convoité aucune autre. Mais, pour satisfaire ses ardeurs, irait-il jusqu'à coucher avec l'ennemie ?

Après tout, pourquoi pas ? Il se sentait prêt à courir le risque. Mais avant cela, il lui fallait résoudre du moins en partie l'énigme que représentait Sofia Acosta.

Sofia se mordilla la lèvre, désemparée.

Inutile de chercher, elle n'avait pas de vêtements adéquats pour le spectacle de flamenco. La garde-robe que contenait son sac de voyage se résumait à quelques pantalons d'équitation et jeans plus ou moins élimés, une pile de T-shirts, deux sweat-shirts, deux pyjamas, sans oublier des sous-vêtements confortables mais pas du tout sexy. Quoi de plus normal, s'agissant d'un séjour dans un ranch en rase campagne ? Cesare ayant spécifié lors de son briefing que la tenue vestimentaire décontractée était de rigueur, elle n'avait pas emporté de robes.

En revanche, le maître de maison lui avait attribué une suite extrêmement confortable dotée d'une salle de bains immense avec baignoire à remous, douche à l'italienne, table de massage, sauna et hammam.

Le bonheur !

Elle se plongea avec délice dans un bain chaud parfumé aux huiles essentielles. N'était la perspective du spectacle de flamenco, elle y serait volontiers restée toute la soirée !

Cesare serait-il plus détendu loin du cadre formel du palais, ou se montrerait-il toujours aussi distant et indéchiffrable ?

Après tout, peu importe. Elle avait l'intention de s'amuser, et elle ne le laisserait pas lui gâcher son plaisir.

Elle barbotait depuis presque une heure quand lui vint une idée lumineuse.

Lors de sa conversation avec Olivia, elle avait appris que les Tziganes d'Andalousie qui allaient donner le spectacle logeaient dans la grande maison située de l'autre côté de la cour.

C'était à l'occasion d'un spectacle comme celui-ci que son père, un aristocrate espagnol, avait rencontré sa mère. Celle-ci avait dansé pour lui, et Pedro Acosta avait succombé à un coup de foudre fulgurant. Peut-être ces Gitans avaient-ils entendu parler de sa mère ? Après tout, des liens forts et ancestraux unissent ceux qui veillent à perpétuer la tradition du flamenco.

Elle ne se trompait pas. Elle fut accueillie à bras ouverts par la troupe. Lorsqu'elle leur eut exposé sa requête, les femmes s'empressèrent de lui trouver une robe à sa taille et des chaussures à sa pointure. Elles l'aidèrent aussi à se maquiller et, au prix d'une patience infinie, coiffèrent sa chevelure rebelle en un chignon traditionnel, serré et austère, dans lequel elles plantèrent un peigne orné de fausses pierreries afin de maintenir en place la mantille de dentelle noire.

— Et maintenant, montre-nous de quoi tu es capable, lui enjoignit l'aînée des Gitanes. Ta mère avait un talent légendaire, et je suis sûre qu'elle te l'a transmis.

Sofia exécuta quelques pas maladroits, puis elle prit de l'assurance. Le flamenco, c'est comme le vélo, ça ne s'oublie pas ! Elle avait conservé dans un coin de sa mémoire les mouvements enseignés par sa mère et les conseils que celle-ci lui avait prodigués.

— Je le savais, déclara la vieille femme. Maintenant, il ne te manque plus qu'un éventail. Le langage de l'éventail est universel.

« Et hypnotique », songea Sofia en contemplant le magnifique accessoire d'un rouge écarlate qu'elle lui tendait.

Il convenait de le manier avec grâce pour que la fluidité du geste atténue le rythme répétitif du martèlement des pieds.

Elle s'examina dans le miroir et n'en crut pas ses yeux.

Une véritable métamorphose ! La robe noir et blanc dont la jupe et les poignets s'évasaient en une profusion de volants lui moulait le corps comme une seconde peau. Ainsi parée, elle se sentait prête à reprendre le flambeau maternel, prête à toutes les audaces.

Que penserait Cesare en la voyant ainsi ?

Elle venait juste de se poser la question quand le prince se matérialisa dans le reflet de la psyché.

7.

— Je venais m'assurer que tu ne manquais de rien, déclara Cesare, la contemplant avec un intérêt manifeste. Donc, tu t'es décidée à danser ce soir ? J'en suis ravi, et je dois dire que cette tenue te va à ravir.

— Merci. Je la dois à mes nouvelles amies, précisa Sofia en désignant les femmes qui s'étaient retirées discrètement dans un coin de la pièce. Le peuple de ma mère. Oui, je danserai ce soir, bien que je doute d'être à la hauteur de ces professionnelles.

Pour autant, elle donnerait le meilleur d'elle-même, en mémoire de celle qui lui manquait tant… Et peut-être un peu aussi pour éblouir l'homme qui se tenait devant elle, le regard admiratif.

— Me feras-tu l'honneur de t'escorter ? demanda-t-il en lui offrant son bras.

— Volontiers, répondit-elle, sentant le trac lui nouer l'estomac.

Une grande estrade avait été montée dans la cour, et des feux crépitaient dans des braseros. La silhouette imposante des crêtes montagneuses des Apennins se découpait en toile de fond. Au loin s'éleva soudain le hurlement des loups d'Italie.

— Décidément, mon ami, tu ne fais pas les choses à moitié ! s'exclama Dante en riant. Un concert de loups en première partie du spectacle, il fallait y penser.

— Ils nous observent de leurs montagnes. Sans doute se

demandent-ils à quoi rime toute cette agitation dans un lieu d'ordinaire si calme.

— Au lieu de t'occuper des loups, tu ferais mieux d'admirer ta sœur, lança Jess à son mari. Sofia, ma chérie, tu es magnifique. Tu as l'intention de te produire sur scène ?

— Cesare me l'a proposé, et j'ai pensé que cela pourrait être amusant. Je croise les doigts pour ne pas me ridiculiser devant ma fratrie au grand complet. Sinon, j'en entendrai parler jusqu'à la fin de mes jours !

— Ne t'inquiète pas. Je suis prête à parier que tu vas très bien t'en tirer.

Pourvu que sa belle-sœur voie juste ! se répéta Sofia pendant les premiers morceaux.

Lorsqu'elle monta sur l'estrade, ses jambes tremblaient. Puis elle se laissa envahir par les voix graves des chanteurs et par le rythme endiablé des guitares, et elle oublia tout ce qui l'entourait pour se concentrer sur ses postures et ses mouvements.

C'était sans doute la première fois depuis la mort de ses parents qu'elle parvenait à s'exprimer pleinement et librement, et quelques larmes roulèrent sur ses joues alors qu'elle songeait à ce qu'elle ne pouvait plus partager avec sa mère.

Quand les instruments se turent, la danseuse principale la rejoignit sur scène et la serra dans ses bras.

— Ta mère serait très fière de toi, lui murmura-t-elle à l'oreille. N'oublie jamais que c'est en restant fidèle à nos racines et en croquant la vie à pleines dents qu'on rend le mieux hommage aux disparus.

Les ovations interrompirent cet aparté, réclamant un bis et Sofia se plia de bonne grâce à cette exigence.

Juste avant que ne s'achève une démonstration de flamenco, l'artiste, ayant extériorisé ses émotions jusqu'à la dernière, atteint une sorte de transe. C'était ce moment-là qu'attendait

Cesare. Quand il se produisit, il ne put s'empêcher de se joindre au reste du public pour acclamer la prestation extraordinaire de Sofia. Elle avait tout donné et avait su transmettre son exaltation à l'assistance avec une maestria extraordinaire. Elle semblait épuisée et tellement vulnérable. Peut-être s'était-il trompé à son sujet ? Certes, il avait toutes les raisons de se méfier d'elle, mais à cet instant précis il se sentait enclin à réviser son jugement.

Il s'étonna lui-même en se précipitant pour l'aider à descendre de l'estrade.

— Félicitations ! J'avoue que tu m'as bluffé. Je ne te connaissais pas sous ce jour.

— À vrai dire, nous ne sommes pas ce qu'il est convenu d'appeler des intimes. Le peu que nous croyons savoir l'un de l'autre se base sur les apparences. Qui sait ? Tu n'es peut-être pas au bout de tes surprises avec moi !

— Tant qu'il ne s'agit pas d'un article dans le genre du premier, ça ne m'inquiète pas trop.

À peine eut-il prononcé ces mots qu'il la vit se rembrunir.

Quel imbécile ! Il venait de lui gâcher ce moment de bonheur. Ne pouvait-il pas la laisser savourer son triomphe ?

Elle leva vers lui un regard plein de reproche mais aussi de tristesse.

— Je te promets qu'il n'y en aura pas d'autre, déclara-t-elle avec une solennité qui le désarçonna.

— Oublie ce que j'ai dit, grogna-t-il, furieux contre lui-même. Profite de ton succès, tu l'as bien mérité. Je vais au buffet retrouver tes frères.

Il la laissa en compagnie des danseuses et des musiciens gitans en costume traditionnel.

— Je me sens dans la peau d'un imposteur, lui confia-t-elle un peu plus tard, alors que la fête battait son plein.

Il avait convié beaucoup de monde : des voisins, le personnel du ranch, les artistes gitans. Il entraîna Sofia à l'écart pour qu'ils puissent mieux s'entendre.

— Je ne vois pas pour quelle raison.

— Je n'avais pas fait cela depuis des années. En réalité depuis mon enfance.

— Alors, je te conseille de t'y remettre sérieusement.

— La prochaine fois, j'exigerai que tu montes sur scène avec moi.

— Mauvaise idée !

— Qui sait ? Peut-être as-tu un talent caché ?

— J'en doute. Bon, à présent, il faut que j'aille rejoindre mes autres invités. Si tu veux bien m'excuser.

— Je t'en prie.

Elle lui sourit, mais il crut déceler dans sa voix une pointe de déception.

La soirée était déjà bien avancée. Sofia n'avait plus eu l'occasion de s'entretenir avec Cesare, ni avec ses frères trop occupés à célébrer dignement l'événement.

Elle discutait avec un groupe d'invités quand leur hôte, le micro à la main, demanda un instant de silence. Aussitôt, les conversations s'interrompirent.

— J'espère que vous passez un bon moment. A priori, c'est le cas. Je souhaite juste rappeler à l'équipe Lobos que, demain, une dure journée les attend. Je les invite donc à ne pas se coucher trop tard.

Des protestations fusèrent.

— Pour ma part, poursuivit-il sans en tenir compte, je réclame le privilège, en tant que maître des lieux, de danser avec notre star de ce soir, la reine du flamenco !

Sofia sentit son cœur s'emballer.

Était-ce d'elle qu'il parlait ?

Elle en eut la confirmation en le voyant s'avancer dans sa direction. Il lui saisit la main et l'entraîna vers l'estrade. Elle ne lui opposa aucune résistance quand il la prit dans ses bras. Il était beaucoup plus grand qu'elle, mais leurs corps s'harmonisaient parfaitement, et ils étaient si proches que leurs souffles se mêlaient.

Une onde de chaleur se propagea en elle.

— Je crois comprendre pourquoi tu m'as invitée, lança-t-elle sur le ton de la plaisanterie, dans l'espoir de dissiper son trouble.

— Pourquoi ?

— Parce que, là, c'est toi qui conduis et moi qui suis le mouvement.

— Tu n'as pas l'air de détester ça.

Elle se raidit involontairement. Était-elle transparente à ce point ?

— Ici, nous pouvons rester naturels, murmura-t-il, la serrant contre lui. Nous ne sommes pas en train de jouer la comédie pour faire plaisir à ma mère. Rien ne t'oblige à danser avec moi si tu n'en as pas envie. Décontracte-toi.

Comme pour l'y encourager, il entrelaça ses doigts aux siens et accentua la pression de son autre main qu'il avait plaquée au creux de ses reins.

Ces gestes intimes et terriblement sensuels achevèrent d'embraser ses sens.

Cesare lui offrait une échappatoire dont elle ne voulait pas, aussi s'efforça-t-elle de se détendre.

Elle avait conscience de jouer avec le feu. Où cette histoire la mènerait-elle ? Dans une impasse, à coup sûr. Elle avait intérêt à maîtriser sa libido et à se concentrer sur l'essentiel !

— Je ferais mieux d'aller me coucher, déclara-t-elle quand les guitares se turent. Nous avons entraînement demain, et je tiens à être en forme.

— Sage décision, répondit Cesare avec un regard lourd de sous-entendus. Je te raccompagne à ta suite.

— Tu ne peux pas abandonner tes invités.

— Je doute que quiconque remarque mon absence.

— C'est inutile, je t'assure. Je peux parfaitement retrouver mon chemin toute seule.

Il s'était écarté mais ne lui avait toujours pas lâché la main.

— Permets-moi d'insister.

Son intonation contenait une impatience qui, pour une fois, n'avait rien à voir avec de l'exaspération.

Elle se faisait peut-être des illusions. Dans le cas inverse, pourquoi s'interdire de découvrir le plaisir ? Juste cette nuit. Leur désir assouvi, elle passerait à autre chose.

— D'accord.

Ils marchèrent en silence côte à côte, sans se toucher, mais une onde invisible les reliait l'un à l'autre. Alors qu'ils longeaient une grange, Cesare prit enfin l'initiative qu'elle appelait de ses vœux. Il la saisit par la taille et l'embrassa.

À quoi bon résister ? De toute façon, elle n'en avait ni la force ni l'envie.

Elle se colla à lui et répondit à son baiser avec fougue.

— Viens, murmura-t-il d'une voix rauque quand leurs bouches se séparèrent.

Main dans la main, ils se faufilèrent à l'intérieur de la grange où régnait une agréable odeur de paille. Il referma la porte derrière eux et, la soulevant dans ses bras, il la porta jusqu'à un tas de foin. S'agenouillant, il l'étendit sur cette couche improvisée. Là, il entreprit patiemment d'ôter le peigne et les innombrables épingles de son chignon, puis, quand ses cheveux libérés tombèrent en cascades sur ses épaules, il y enfouit les doigts avec une douceur infinie.

— C'est un crime de lèse-majesté que d'emprisonner une si belle chevelure, murmura-t-il.

Était-ce le même homme qui, vingt-quatre heures plus tôt, la toisait avec mépris et n'avait pas de mots assez durs pour la qualifier ?

Elle hésitait entre une méfiance instinctive et le désir de s'abandonner, d'oublier tout ce qui n'était pas l'instant présent. Quand Cesare déposa une pluie de baisers sur son cou et à la naissance de sa gorge, le désir balaya la défiance. Elle se laissa dévêtir sans protester, se contorsionnant pour se débarrasser de cette robe qui épousait étroitement ses formes.

— Tu me fais penser à une pouliche rétive, lui souffla-t-il. Je ne sais jamais si tu vas te cabrer et détaler, ou au contraire te montrer docile. Impossible de prévoir tes réactions.

— Pas de danger que je tente de m'échapper en slip et soutien-gorge ! rétorqua-t-elle en souriant.

— Qui es-tu *vraiment*, Sofia Acosta ?

— À toi de le découvrir.

— Comment ?

— Commence par m'embrasser, et nous aviserons ensuite, suggéra-t-elle, surprise par sa propre audace.

Alors, Cesare se pencha au-dessus d'elle et obtempéra.

8.

Comment se serait-elle doutée de ce qu'une telle requête impliquerait ?

Cesare effleurait de ses lèvres ses chevilles, ses mollets, ses cuisses, avant de s'aventurer plus haut encore.

Brûlante de désir, elle frémit d'impatience.

S'il consacrait autant d'attention à la partie la plus intime de son anatomie, elle ne tarderait pas à exploser…

Un gémissement lui échappa.

— Regarde-moi, chuchota-t-il.

Elle s'exécuta, et leurs regards se soudèrent.

Jamais elle n'aurait imaginé que le simple fait de se contempler ainsi pendant l'amour puisse être à ce point érotique. Elle avait le sentiment que Cesare lisait dans ses pensées et devinait les besoins de son corps. Elle faillit perdre tout contrôle quand il glissa les doigts entre ses cuisses. Instinctivement, elle posa sa main sur la sienne, l'incitant en une invite silencieuse à poursuivre son exploration. Il n'y avait aucune audace dans son initiative, juste une prière.

Il ne lui fallut pas longtemps pour succomber. Elle s'arc-bouta, submergée par une vague de plaisir libérateur, incapable de maîtriser ses cris de volupté.

— Encore ? s'enquit Cesare d'une voix rauque follement sexy.

Pour toute réponse, elle entreprit d'ouvrir la braguette de son jean. De ses doigts rendus fébriles par l'excitation, elle ôta le bouton et descendit la fermeture Éclair. Mais il interrompit son geste.

— Attends. Je veux que tu fasses quelque chose pour moi.

— Quoi ? murmura-t-elle, encore perdue dans les limbes du plaisir.

— Je veux que tu t'abandonnes totalement, que tu te concentres sur tes sensations et que tu te laisses voguer.

Elle ne demandait pas mieux que d'exaucer son vœu ! D'autant que, tout en parlant, il avait dégrafé son soutien-gorge. Il se mit à caresser ses seins, dont les pointes s'érigèrent, propageant des ondes électriques dans son ventre. Le désir revint plus fort encore.

Puis il acheva de la dénuder avant de se dévêtir et de se positionner au-dessus d'elle, l'extrémité de son membre durci appuyant délicieusement contre son propre sexe.

Pressée de l'accueillir en elle, elle se cambra, mais contre toute attente il se retira, lui arrachant un soupir de frustration.

— Pas encore, murmura-t-il.

Agenouillé entre ses cuisses, il enfouit le visage dans la vallée humide de sa féminité qu'il explora d'une langue experte. C'était si bon qu'elle ne résista pas longtemps. L'orgasme la saisit, plus intense que le précédent.

— Tu es un magicien, gémit-elle quand les spasmes eurent reflué.

Cesare sourit, amusé.

Un magicien ? Il n'avait pas grand mérite. Sofia l'inspirait comme peu de femmes l'avaient fait avant elle. Elle était belle à couper le souffle, sensuelle. Elle réagissait avec une telle spontanéité qu'elle lui évoquait une fleur en bouton en train d'éclore et de s'épanouir sous ses caresses. Plus il la sentait vibrer, plus son propre désir s'amplifiait. Il voulait que ce moment dure le plus longtemps possible. Surtout, ne pas brusquer les choses. D'autant qu'il lisait dans son regard une lueur d'appréhension.

Se pourrait-il qu'elle soit encore vierge ?

Lorsqu'elle leva les bras au-dessus de sa tête dans une posture de total abandon, il sut qu'elle était prête à le recevoir. Alors, non sans avoir pris soin de les protéger tous les deux, il lui emprisonna les poignets d'une main et glissa l'autre sous ses hanches pour lui soulever le bassin.

— N'aie pas peur, lui chuchota-t-il à l'oreille, je ne te ferai pas mal.

— Je n'ai pas peur, répondit-elle en écho, même si sa respiration plus saccadée et sa voix mal assurée trahissaient le contraire.

Retenant son ardeur, il la pénétra avec douceur, puis se mit à bouger lentement en elle. Bientôt, la sentant se détendre, il accéléra le rythme. Elle jouit très vite et très fort, et ce ne fut qu'au prix d'un effort surhumain qu'il parvint à se contrôler pour ne pas céder à son tour.

— Encore, exigea-t-elle d'une voix suppliante lorsqu'elle eut retrouvé son souffle.

Il ne put réprimer un petit rire.

— Tes désirs sont des ordres, *tesoro*. Quel tempérament ! Tu es la personne la plus insatiable que je connaisse.

— Je n'ai pas envie d'entendre parler des autres.

— Quelles autres ?

Il se remit à aller et venir en elle. Cette fois, elle accompagna le mouvement, se cambrant pour l'inviter au plus profond de son ventre chaud et palpitant. Il commençait à perdre pied, et quand il l'entendit de nouveau crier, il s'autorisa enfin à lâcher prise.

Combien de femmes le prince Cesare Romano di Sestieri Ardente avait-il eues jusqu'à présent ? se demanda Sofia en émergeant à regret des brumes de la volupté.

La réalité s'imposait de nouveau, chassant la béatitude : à en juger par les photos qui circulaient sur Internet, elles étaient nombreuses à tourner autour de ce séduisant célibataire, l'un des plus convoités de la planète. Et toutes magnifiques, élégantes, distinguées !

Alors, pourquoi Cesare avait-il couché avec elle ? Par vengeance ? Pour prendre l'ascendant sur elle ?

En son for intérieur, elle priait pour que ce ne soit pas le cas, car ce moment d'intimité allait pour elle bien au-delà. Outre la découverte du plaisir charnel, il représentait un espoir de rétablir la confiance.

Son incertitude la renvoyait à son manque d'expérience. En dehors de ses frères et de l'affection sincère mais joyeusement machiste de ceux-ci à son égard, elle ne connaissait pas grand-chose au comportement masculin. Ainsi, elle ne s'expliquait pas que ses frères lui tournent le dos sans lui accorder le bénéfice du doute. Dans ses rêves, l'homme qui partagerait sa vie la traiterait en égale et attendrait d'elle qu'elle assume la responsabilité de ses actes. Il saurait l'écouter et la comprendre. Mais cet homme existait-il quelque part ? Cesare Romano correspondait-il à ce profil ?

A priori, pas franchement.

Elle devait se garder de confondre satisfaction sexuelle et sentiments. À coup sûr, le prince, lui, savait faire la part des choses.

— Tu dormiras avec moi ce soir, décréta-t-il, interrompant le cours de ses pensées.

— Je ne crois pas que ce soit une bonne idée, Cesare. Nous avons du travail demain.

Un sourire amusé éclaira son regard.

— Déclarerais-tu déjà forfait, par hasard ?

Elle préférait ne pas s'engager dans une discussion de ce genre.

— Disons que mon sens de la discipline m'incite à appliquer les conseils du coach.

Elle se tourna pour attraper ses vêtements, mais Cesare intercepta son geste. Tandis qu'il couvrait sa nuque de baisers, elle sentit sa résolution vaciller, et quand il lui emprisonna la taille pour l'attirer contre lui, plaquant son torse contre son dos, elle sut qu'il aurait le dernier mot.

— Je te promets que tu dormiras cette nuit, lui murmura-t-il au creux de l'oreille, avant que ses caresses ne lui ôtent toute velléité de protester.

Le cerveau en ébullition, Sofia arpentait sa suite d'un pas nerveux.

À présent, elle commençait à regretter d'avoir décliné l'invitation de son hôte à partager son lit.

Il faut dire qu'après leur dernier ébat, aussi sublime que le précédent, Cesare n'avait plus insisté pour qu'elle l'accompagne dans sa chambre.

Bien sûr, il prenait son plaisir lorsque l'occasion s'en présentait, et ensuite il tournait la page !

Elle serait stupide de s'imaginer qu'il attacherait une réelle importance à ce qu'il venait de se passer entre eux. Il avait tenté sa chance, et elle la lui avait donnée sans réfléchir aux conséquences potentielles pour elle. Ce faisant, elle avait aussi gâché une opportunité d'avoir une vraie discussion avec lui. Encore que ni l'un ni l'autre ne se soient alors sentis d'humeur à converser. Il restait à espérer que ce moment d'égarement ne détériorerait pas leurs relations plus qu'elles ne l'étaient déjà. Si Cesare se reprochait d'avoir cédé à la tentation, il risquait de se fermer davantage.

Comment trouver le sommeil, avec ces interrogations qui se bousculaient dans sa tête ?

Autant en avoir le cœur net. Peut-être le prince n'était-il pas allé se coucher aussitôt ? Le cas échéant, elle avait une petite idée de l'endroit où le trouver.

Elle se rendit directement à la cuisine… et constata que son intuition ne l'avait pas trompée. Le maître des lieux avait manifestement eu une de ses fringales légendaires.

— Désolée de te déranger.

— Pas de problème.

Son impassibilité lui fit l'effet d'une douche froide. Il n'y avait aucune chaleur, aucune complicité dans son regard, comme si ce qu'il venait de se passer entre eux n'existait plus que dans ses fantasmes. L'amant généreux s'était volatilisé. Le prince capricieux avait assouvi un besoin, maintenant il en assouvissait un autre… avec une part de pizza !

Elle hésita entre battre en retraite ou aller de l'avant.

Finalement, elle opta pour la seconde tactique.

— Je ne suis pas venue pour la raison que tu imagines.

— À savoir ?

— T'annoncer que j'ai changé d'avis et que j'aimerais passer la nuit avec toi.

S'ensuivit un long silence qui ressemblait étrangement à un affrontement.

— Pourquoi penserais-je cela ? finit-il par déclarer d'un ton suspicieux. Le peu que je connais de toi m'a appris que tu n'en fais qu'à ta tête.

L'opinion de Cesare à son sujet n'avait donc pas évolué.

Elle encaissa la gifle sans broncher, préférant passer outre.

— Il faut vraiment que nous ayons une discussion. Maintenant, si cela te convient. C'est important, Cesare, ajouta-t-elle en le voyant hausser les épaules, l'air indifférent.

— Laisse-moi deviner. Tu veux *encore* me parler de cet article.

— Oui.

— Et tu vas *encore* essayer de me convaincre de ton innocence. Pardonne-moi, mais j'ai du mal à croire à ta version.

— Cesare, s'il te plaît…

— Je vais me coucher, et je te conseille de faire de même. Rappelle-toi, nous avons du travail demain !

Avant qu'elle ait eu le temps de réagir, il avait déjà refermé la porte derrière lui.

Elle avait affaire à forte partie. L'homme était coriace,

il ne baisserait pas sa garde facilement. Elle allait devoir trouver un autre moyen de le convaincre de l'écouter.

Cesare n'avait quasiment pas fermé l'œil de la nuit.

Réussirait-il à pardonner à Sofia ?

Non, c'était au-dessus de ses forces. Cette femme avait l'art d'exacerber ses émotions : la colère, la rancune, la passion aussi. Elle avait beau être la première à se présenter à l'entraînement et la dernière à quitter la sellerie après une séance harassante, cela ne réussissait pas à lui faire oublier qu'elle avait, par son inconséquence ou sa naïveté, trahi sa famille et souillé le nom des Sestieri Ardente.

Il parvint à donner le change lors de l'entraînement du lendemain. À en juger par ses cernes, Sofia n'avait guère mieux dormi. Mais chaque fois que leurs regards se croisaient, il y avait comme des étincelles. Il ne s'écoulerait pas longtemps avant qu'il la serre de nouveau dans ses bras. Il en avait la conviction, et elle aussi.

Il était seul dans l'écurie lorsqu'elle vint le trouver, mais le sujet qu'elle choisit d'aborder le prit au dépourvu.

— Tu veux encore me parler de l'article ? répéta-t-il, décontenancé.

— Oui. Et cette fois, tu vas m'écouter.

Il haussa les sourcils.

— Excuse-moi. Je ne voulais pas être aussi directe.

Le fait que Sofia ait de la suite dans les idées ne le surprenait pas. Ce qui l'irritait, en revanche, c'était de s'être mépris sur la signification de ses regards, d'avoir pris ses désirs pour des réalités. Pour masquer son trouble, il continua de bouchonner les jambes de son cheval.

Elle le rejoignit dans le box. Ils étaient seuls, leurs coéquipiers ayant déjà gagné le bar pour se désaltérer après une longue journée d'exercice physique.

— Je tiens à t'expliquer. Il le faut. Je ne supporte pas qu'il y ait de telles tensions entre nous. Ce n'est peut-être pas le meilleur moment, mais tu ne cesses de t'esquiver.

Il se redressa. Elle était tout près de lui, et il la dominait de toute sa taille

— Je t'écoute.

Ses prunelles noires brillaient d'un éclat particulier. Un éclat qu'il reconnut sans crainte de se tromper.

Elle s'humecta nerveusement les lèvres.

— S'il te plaît, arrête de me regarder comme ça !

À son ton suppliant, il sut qu'elle avait déjà capitulé.

— Oh ! et puis tant pis ! l'entendit-il murmurer.

Il prit soin de fermer la porte de la stalle, puis tout se déroula avec une rapidité stupéfiante. Sous l'emprise du désir, leurs gestes étaient fébriles. Il ne leur fallut pas longtemps pour se déshabiller mutuellement. Il la souleva de terre. Elle s'agrippa à ses épaules et noua ses jambes autour de ses hanches avant de l'introduire en elle. Soudés l'un à l'autre, ils se lancèrent dans une quête frénétique du plaisir, lequel survint très vite, trop vite, avec une intensité inouïe. Tout en succombant, il songea confusément qu'il n'avait encore jamais éprouvé un tel sentiment de plénitude.

9.

Après ce moment de passion d'un érotisme extraordinaire, Sofia se rhabilla à la hâte. Elle remit de l'ordre dans sa chevelure afin de dissimuler toute trace de leurs ébats et inspira profondément dans l'espoir de calmer les battements désordonnés de son cœur. Pour sa part, Cesare ne se donna pas la peine de discipliner ses cheveux ébouriffés. Il semblait parfaitement calme, comme si rien ne s'était passé entre eux. De toute évidence, il considérait le sexe comme un exercice physique, et rien de plus.

Cette constatation, pour blessante qu'elle soit, aida Sofia à prendre sa décision.

Terminés les écarts ! Céder à ses pulsions pour un homme qui prenait de plus en plus d'importance dans sa vie, c'était un luxe qu'elle ne pouvait s'offrir. Elle devait puiser en elle la force nécessaire pour mettre de côté ses sentiments, museler sa libido et concentrer son énergie vers un seul objectif : convaincre le prince de l'écouter. Le bien-être de nombreuses personnes en dépendait, à commencer par celui de sa famille.

Elle quitta l'écurie la première et se dirigea droit vers la salle à manger, une pièce spacieuse et confortable, entièrement lambrissée. S'étant servie au buffet, elle rejoignit la joyeuse assemblée qui avait déjà pris place autour de la longue table en bois.

Joyeuse, du moins jusqu'à son arrivée.

Il y eut un moment de gêne, et les conversations s'interrompirent. Même Raffa et Xander, les frères dont elle se sentait le plus proche, échangèrent un regard entendu avant de baisser le nez vers leur assiette.

Une étrangère dont la présence les importunait, voilà ce qu'elle était devenue à leurs yeux. Elle en venait presque à regretter leurs railleries. Car, derrière ces moqueries parfois éprouvantes se cachait une affection sincère. Sa prétendue trahison avait mis fin au soutien indéfectible de sa fratrie. Il lui fallait absolument réparer les dégâts avant qu'il ne soit trop tard et que le fossé entre eux ne se transforme en un gouffre infranchissable.

Jess et Olivia furent les seules à l'accueillir chaleureusement. Peut-être refusaient-elles de la juger sur les apparences ?

En revanche, quand Cesare se joignit à la tablée, il eut droit à un accueil nettement plus enthousiaste. Personne n'aurait pu deviner qu'il venait de faire l'amour dans un box, tant il affichait une attitude désinvolte. Il s'installa à l'unique place encore vacante, à savoir la chaise voisine de celle de Sofia, ce qui acheva de la mettre mal à l'aise.

Serait-elle en train de tomber amoureuse de leur hôte ?

Elle préféra ne pas s'appesantir sur la question.

— Fais-nous travailler plus dur demain, déclara-t-elle à l'adresse de Jess.

L'épuisement physique lui permettrait peut-être d'évacuer son trop-plein d'émotions.

— Avec toi, on ne risque jamais de s'ennuyer ! s'exclama Cesare en se levant – il avait expédié son repas en un temps record. Je vous abandonne, je vais faire un brin de toilette.

— Ne t'inquiète pas, j'y compte bien, répondit Jess avec un clin d'œil.

Sofia lança un regard de gratitude à sa belle-sœur.

C'était bon d'avoir une alliée ! Que savait exactement sa belle-sœur, et quel était le fond de sa pensée ? Elle l'ignorait, mais elle sentait un courant de sympathie de sa part.

Tout en conversant avec leur coach, Sofia ne pouvait s'empêcher de jeter des coups d'œil à l'extérieur.

Cesare se tenait devant la fontaine de la cour. Il avait ôté son polo et s'aspergeait le visage, la nuque et le torse. Les gouttes d'eau ruisselaient sur son corps terriblement viril.

Comment rester de marbre devant un tel spectacle ?

— Sofia ?

Elle reporta son attention sur Jess.

— Excuse-moi. Je me suis laissé distraire.

— Je te comprends, répondit la jeune femme avec un sourire de connivence. Je te disais juste que j'allais intensifier progressivement l'entraînement. Il nous reste moins d'un mois avant le premier match. Il a beau s'agir de rencontres amicales, tu sais comme moi que, face à un adversaire aussi redoutable que Nero Caracas, Cesare et tes frères se battront avec acharnement.

Jess n'exagérait pas. Caracas et sa clique étaient, sur le terrain, les ennemis jurés de l'équipe Lobos.

— Je me doute que cette affaire te préoccupe, mais ne t'en fais pas trop, ajouta-t-elle à voix basse. Cesare en a vu d'autres, il s'en remettra. Prends plutôt soin de toi. Tu m'as l'air un peu fébrile ces derniers temps.

Sofia la remercia d'un sourire. La sollicitude de sa belle-sœur la touchait infiniment.

— Besoin d'aide ?

Sofia se retourna brusquement et se retrouva nez à nez avec Cesare. Son cœur bondit dans sa poitrine.

— Non merci. Je vais me débrouiller.

— Comme tu voudras, répondit-il en haussant les épaules.

Il sauta en selle et gagna le terrain d'entraînement au petit trot.

Sofia l'imita avec plus de difficulté et, conformément aux instructions de Jess, se plaça derrière lui.

À ce poste, elle avait une vue imprenable sur la carrure imposante du cavalier dont l'assiette était irréprochable. Difficile de se concentrer dans ces conditions.

Elle ne tarda pas à se faire rappeler à l'ordre par Jess.

— Change de direction ! *Maintenant !*

Elle s'exécuta, orientant sa monture vers la droite juste à temps pour éviter une collision avec Xander. Son frère lui adressa un sourire narquois avant de s'éloigner au galop.

Une question la taraudait.

Dans l'hypothèse fort peu probable où Cesare lui donnerait la possibilité de s'expliquer, quelles étaient ses chances de le rallier à sa cause pour mettre Blake hors d'état de nuire ?

Sans doute, infimes. À l'exemple de ses frères, le prince était un homme de principes…

— *Sofia, bon sang !*

Jess l'avait rejointe et chevauchait à ses côtés.

— Tu as besoin d'un break ?

— Non, non, ça va. Désolée.

— À ce niveau de pratique, une faute d'inattention risque de provoquer un accident grave, tu le sais.

— Oui, j'en ai conscience, admit Sofia. Pardonne-moi, ça ne se reproduira plus.

Cesare la dépassa et lui lança un regard noir, puis l'exercice se poursuivit sans autre incident.

L'occasion de parler à Cesare se présenta après la séance de l'après-midi, une fois que tous les autres furent partis se rafraîchir.

Sofia ne sentait plus ses jambes. Elle avait mal partout et était tellement épuisée qu'elle faillit chuter en mettant pied à terre.

Cesare la rattrapa de justesse.

— Jess a placé la barre un peu haut pour toi, non ? À l'avenir, ne lui suggère plus de corser les exercices, ajouta-t-il d'un ton ironique. Le moins que l'on puisse dire, c'est que tu n'as pas été très performante aujourd'hui. Tu as même fichu une sacrée pagaille dans le jeu.

— Je me rachèterai demain.

— Vraiment ?

Elle n'appréciait guère ses sarcasmes, mais elle choisit de les ignorer et de se concentrer sur le sujet essentiel.

— Je dois m'entretenir avec toi. Pour dissiper le malentendu, précisa-t-elle comme il ne réagissait pas.

— Il faudrait plus qu'une conversation pour y parvenir.

Il fit mine de tourner les talons. Mobilisant le peu de forces qu'il lui restait, elle le retint par le bras.

— Je t'en prie ! Nous ne pouvons pas continuer de la sorte. Cela va finir par nuire à la cohésion de l'équipe.

Cesare fixa avec mépris sa main sur son avant-bras.

Elle le lâcha aussitôt, mortifiée.

A priori, elle était tout juste bonne à le satisfaire sexuellement quand l'envie l'en prenait. Le temps du prince était trop précieux pour qu'il daigne le gaspiller à discuter avec elle !

La colère lui donna un regain d'énergie. Elle était sur le point de lui servir une remarque cinglante, quand les lads arrivèrent.

Chaque jour, Sofia passait en revue avec le palefrenier les soins spécifiques à prodiguer à son poney selon la façon dont sa monture s'était comportée pendant l'entraînement.

— Si seulement tu témoignais autant de compassion aux êtres humains ! lança Cesare quelques minutes plus tard, alors qu'ils quittaient l'écurie.

— J'ai une information importante à te communiquer.

— Oh ! Voilà une nouvelle qui aiguise ma curiosité !

— Pouvons-nous parler maintenant ?

— J'ai un quart d'heure à te consacrer, pas une minute de plus.

Ce n'était pas beaucoup, mais elle s'en contenterait.

— D'accord.

— Dans ce cas, suis-moi…

— Non, l'interrompit-elle. C'est toi qui vas me suivre.

Et, sans prendre la peine de se retourner pour s'assurer qu'il lui emboîtait le pas, elle partit en direction du lieu idyllique qu'elle avait découvert au hasard d'une promenade dans le ranch.

Dès qu'elle avait une heure de liberté, elle s'y réfugiait. Ce sanctuaire naturel – un bouquet d'arbres planté au bord du torrent – était propice à la lecture et à la méditation. Il n'était pas facile d'accès, ce qui contribuait à son attrait. Il fallait se frayer un chemin parmi les ronciers, en évitant de se tordre une cheville sur les pierres et les racines. Elle avait l'habitude des randonnées en terrain accidenté, de sorte que la difficulté ne la dissuadait pas.

Ici, ils ne risquaient pas d'être interrompus. Cesare n'aurait donc aucune excuse pour s'esquiver. Après avoir entendu ce qu'elle s'apprêtait à lui révéler, libre à lui de la renvoyer chez elle si bon lui semblait.

Il marchait à grandes enjambées derrière elle.

— Ma mère m'amenait souvent ici quand j'étais enfant, lui confia-t-il, rêveur, lorsqu'ils eurent atteint la rive du cours d'eau tempétueux. Selon elle, cet endroit était l'antichambre d'un monde plus lumineux, un monde où tout était limpide et serein si l'on savait observer et écouter. Par la suite, j'ai continué à y venir pour m'isoler et réfléchir.

Elle se tut, savourant ce précieux moment de complicité durant lequel Cesare acceptait de se livrer.

— Il te reste à peine dix minutes, déclara-t-il alors, rompant le charme. Tu as intérêt à synthétiser.

Puisque le temps imparti était limité, autant ne pas y aller par quatre chemins.

— Je fais l'objet d'un chantage, avoua-t-elle sans préambule.

Cesare accusa le coup, mais il se ressaisit aussitôt.

— Développe.

— J'ai accepté d'écrire un article divertissant en échange d'une belle somme d'argent que j'ai investie dans mon refuge. À l'époque, j'ignorais que Howard Blake était un homme que les scrupules n'étouffent pas, et que la version publiée n'aurait qu'un très lointain rapport avec l'original. À présent, il me menace de faire paraître d'autres textes encore plus diffamatoires portant ma signature si jamais je dévoile la supercherie. Je doute qu'ils vous épargnent, toi et mes frères. Il semble t'en vouloir particulièrement, je ne sais pas pourquoi.

Cesare fixait le torrent, l'air absent.

Elle n'en revenait pas qu'il demeure aussi impassible, quoique son calme ressemblât à celui qui précède la tempête.

— Tu m'écoutes ?

— Je suis tout ouïe.

— Ma réputation a été salie dans cette affaire, mais ce n'est pas ce qui m'importe le plus. Je ne veux pas perdre l'affection de mes frères et te causer davantage de tort. Si je pouvais revenir en arrière, je le ferais volontiers…

— Les dix minutes sont écoulées, l'interrompit froidement César.

— Mais…

— Comment la perspective d'avoir ta signature imprimée dans un tabloïd a-t-elle pu te séduire au point que tu n'hésites pas à jeter tes frères en pâture, et moi par la même occasion ? Il y a des limites à tout, notamment à l'ambition.

— Tu ne comprends pas ? J'ai pourtant été claire. Je ne suis pas l'auteure de ce texte.

— C'est ta version des faits. Pourquoi devrais-je te croire, Sofia ? Moi, ce que j'ai lu, c'est un ramassis de calomnies qui n'ont ni queue ni tête. Les dates sont exactes, mais les événements qui s'y relient ne contiennent pas une once de vérité.

— Et pour cause ! s'exclama-t-elle avec l'énergie du désespoir. Je te répète que ce portrait n'est pas de moi !

Avant ce fichu article, t'ai-je fourni des raisons de douter de ma bonne foi ?

— Avant, je te connaissais à peine.

— Imagines-tu vraiment que je m'amuserais à nuire à ma famille ? En ce cas, je serais en train de perdre mon temps à essayer de te convaincre.

— C'est possible, en effet.

— J'ai besoin de ton aide, Cesare. Ce magnat de la presse est en réalité un escroc. Si personne ne se met en travers de son chemin, il poursuivra son œuvre de destruction auprès d'autres. Il faut l'en empêcher, mais je n'y arriverai pas sans le concours de quelqu'un d'aussi puissant que lui, voire de plus puissant.

Il y eut un silence interminable, puis Cesare prononça enfin les mots qu'elle attendait :

— Je suis d'accord avec toi sur ce point. Seule, tu n'es pas de taille à lutter contre cette fripouille. Blake et moi avons fréquenté le même pensionnat. Nous étions en classe ensemble. Cette brute s'en prenait aux garçons plus jeunes et sans défense.

— Et toi, tu volais à leur secours ?

— Exact.

— Et il ne te l'a pas pardonné.

— Blake a la rancune tenace. Je le soupçonne d'être à l'origine du scandale qui a éclaboussé ma mère et a failli lui coûter le trône. Ses attaques se sont multipliées au fil des années. Cet individu a une imagination débordante quand il s'agit de faire le mal.

— En fait, je suis juste un pion dans cette histoire.

— Je le crains. Il s'est servi de toi pour m'atteindre. À ta décharge, tu ne pouvais pas deviner à quel point il a l'esprit retors.

Elle sentit l'espoir renaître en elle.

— Alors, tu me crois ?

— Disons que je t'accorde le bénéfice du doute.

C'était toujours bon à prendre.

— Et tu acceptes de m'aider ?

— Nous verrons. Laisse-moi le temps de la réflexion.

— Encore une question. La dernière, je te le promets. Pourquoi n'as-tu pas cherché à le battre sur son propre terrain ?

— M'abaisser à son niveau ? Tu plaisantes ! Il existe des moyens plus subtils et plus efficaces de neutraliser des crapules de son espèce.

10.

Cesare semblait à présent moins pressé de s'en aller.

Sofia s'empressa de pousser son avantage en poursuivant ses explications. Qui sait ? Peut-être réussirait-elle à conclure un accord avec lui ?

— Au début, je me suis dit que le destin frappait à ma porte. Cette offre était inespérée. Écrire un article sur un sujet que je connais ne me paraissait pas un défi insurmontable et me rapporterait l'argent dont j'avais besoin pour agrandir le refuge.

— De l'argent gagné sans effort, en quelque sorte ? Cela n'existe pas, Sofia, il y a toujours une contrepartie. Tu aurais dû deviner que tu te précipitais tête baissée dans un piège.

— C'est facile de faire preuve de discernement a posteriori. Depuis des mois, je cherchais désespérément une source de financement pour mon projet. J'étais aux abois, prête à envisager toute proposition qui soit dans mes cordes.

— Et calomnier les multimillionnaires, ça l'était ?

— Je n'ai pas dénigré qui que ce soit. Je me suis contentée de relater des anecdotes amusantes qui ont eu lieu durant la dernière tournée mondiale de l'équipe Lobos. Aucune n'était scandaleuse ou injurieuse. Par exemple, je ne t'ai pas traité « d'élite dégénérée » comme c'était écrit dans la version finale. Au contraire, mon portrait de toi et de mes frères vous présentait comme des personnes, certes privilégiées, mais sympathiques et abordables. L'idée était de distraire les lecteurs, pas de détruire votre image.

— Blake n'aurait pas pu publier un tel torchon si tu ne lui avais pas fourni des informations confidentielles précises.

— Justement, j'en ignorais la plupart ! protesta-t-elle. Comment aurais-je eu accès à ton agenda ?

Mais le prince la fixait d'un regard méfiant.

Elle éprouva soudain un profond découragement.

Pourquoi ne la croyait-il pas sur parole ? Elle n'avait jamais raconté sciemment de mensonges. À quoi bon se justifier ? Elle n'obtiendrait pas gain de cause…

Mais quand elle vit Cesare reprendre sans un mot la direction du ranch, l'indignation succéda en elle à l'abattement. Mue par la colère, elle lui bloqua le passage, se plantant devant lui dans une attitude de défi, les poings sur les hanches et le menton relevé.

— Tu pourrais au moins avoir la courtoisie de me donner ton point de vue ! J'ai été transparente avec toi, et tout ce que tu trouves à faire, c'est de m'ignorer !

Pour toute réponse, il l'écarta de son chemin.

— Je ne t'ignore pas, mais ce n'est pas le bon moment.

— Pas le bon moment ? Qu'entends-tu par là ? Tu es la seule personne de ma connaissance assez puissante pour mettre un terme aux agissements de Blake. Cesare, si tu étais acculé, comment te comporterais-tu ? Tu resterais passif ?

— Je ne me suis jamais retrouvé dans une telle situation.

— Tu as de la chance. Cependant, ce n'est pas le cas de tout le monde. Pense un peu aux autres !

Son absence de réaction l'intrigua.

— Qu'est-ce que tu ne me dis pas ?

— Blake s'en est déjà pris à ma famille.

— Et ?

— Et rien. Pourquoi ne demandes-tu pas plutôt à ta famille ?

— Je tiens à garder mon indépendance vis-à-vis d'elle. C'est moi qui suis à l'origine du problème, c'est donc à moi de le régler.

— Ce qui ne t'empêche pas de me solliciter, rétorqua-t-il, visiblement agacé.

Quelle condescendance ! Pourtant, Xander lui avait un jour confié qu'il n'avait jamais rencontré d'homme plus ingénieux et plus déterminé que le prince, lequel n'abandonnait jamais ceux qui sollicitaient sa protection.

— Mes frères sont plutôt du genre bulldozer. Or, à en croire ta réputation, tu as l'art et la manière de traiter les questions délicates. Rares sont ceux qui ont cette expertise.

— Épargne-moi tes flatteries.

— Le compliment était sincère.

Il parut se radoucir.

— J'imagine que tu as conservé une copie du fichier original sur ton ordinateur portable ? Voilà un excellent moyen de prouver tes dires.

Elle secoua rageusement la tête.

— Coïncidence étrange, il s'avère que j'ai été victime d'un cambriolage et que mon PC a disparu !

— Au refuge ?

— Oui.

— Te renseignes-tu sur le compte de tes pensionnaires avant de les accueillir ? Xander m'a confié que la sécurité n'était pas ta préoccupation principale.

— Il ne s'agit pas d'une prison. Je souhaite que ces personnes vulnérables se sentent libres. C'est la condition sine qua non pour qu'elles parviennent à se reconstruire.

— Cela part d'une bonne intention, mais un minimum de précautions s'impose. Ta générosité risque de te jouer des tours.

Cette remarque, bien que formulée sur un ton dépourvu d'ironie ou d'animosité, la piqua au vif. Elle n'acceptait pas que Cesare la traite comme une enfant. Il était essentiel qu'il la considère comme un alter ego, sinon la mission échouerait.

— Comment as-tu procédé pour neutraliser Blake la dernière fois ?

— J'ai employé une tactique infaillible : la carotte et le

bâton. Tu n'as pas besoin d'en savoir plus. Toujours est-il qu'il a été réduit au silence de crainte de perdre son empire médiatique.

Difficile d'imaginer cet être pervers capitulant, même face à un adversaire de taille.

— A priori, la défaite n'a fait qu'exacerber sa volonté d'en découdre. Il s'est manifesté de nouveau par mon intermédiaire. Quelqu'un doit l'empêcher de perpétuer ses méthodes de mafieux.

— Et ce valeureux justicier, c'est toi ? lâcha Cesare, sarcastique.

— Sans ton concours, je n'y arriverai pas.

— Donc, tu proposes que nous coopérions ?

— Exact. Serait-ce si pénible ?

L'intensité du regard de la jeune femme démentait le calme de son ton.

Il sentit une rage sourde l'envahir.

Comment rester sourd à cet appel à l'aide, alors que Blake avait déjà pris pour cible sa mère et sa sœur ? Il l'avait démasqué dans les deux cas. C'était bien ce sale individu qui avait manigancé pour introduire à la cour l'escroc qui avait séduit la reine. Lui encore qui avait commandité la vidéo clandestine des ébats amoureux d'Olivia.

Sofia représentait elle aussi une proie parfaite : confiante, spontanée, généreuse, et bien placée pour permettre à Blake d'atteindre à la fois son ennemi juré et la famille Acosta. Le connaissant, il avait à coup sûr jubilé quand elle avait mordu à l'hameçon.

— Cesare ?

Sa fureur devait se lire sur son visage, car Sofia le regardait d'un air inquiet.

— Nous l'aurons ! déclara-t-elle comme si elle devinait ses pensées.

Elle sous-estimait la dangerosité de cette brute.

— De quelle manière ? s'enquit-il, haussant les sourcils.

— Nous pouvons le prendre à son propre piège en lui fournissant des informations inventées de toutes pièces.

— Il nous verra arriver à des kilomètres. Mieux vaut une confrontation face à face. C'est moi qui m'en chargerai.

Comme elle ouvrait la bouche dans l'intention évidente de protester, il s'empressa d'ajouter :

— Je ne veux pas que tu t'approches de lui. Je vais m'en occuper tout seul.

Tandis qu'il parlait, l'ébauche d'un plan se dessinait dans son esprit. Cela supposait néanmoins qu'il effectue quelques vérifications. Or, le temps pressait.

— Si nous en avons fini, je vais retourner au ranch.

Sofia esquissa un geste pour le retenir, avant de se raviser et de baisser les yeux. Elle lui parut soudain tellement fragile.

— Vas-y. Je vous rejoindrai plus tard.

— Sois de retour avant la nuit. Des loups rôdent parfois dans le coin.

— Ne t'inquiète pas pour moi.

Malgré l'assurance de la jeune femme, il ne pouvait se résoudre à l'abandonner en pleine nature. Le jour déclinait, et les meutes ne tarderaient pas à se mettre en chasse.

— Je préférerais que tu rentres avec moi.

— Te voilà devenu bien protecteur, lança-t-elle, moqueuse. Pourtant, tout à l'heure, il s'en serait fallu de peu que tu ne me jettes dans le torrent !

— Loin de moi cette idée ! J'aurais dû ensuite sauter à l'eau pour te sauver.

Elle lui offrit un sourire lumineux.

Pendant qu'ils cheminaient, il songea que Sofia ne se contenterait pas d'un rôle de spectatrice. S'il ne voulait pas l'avoir dans les pattes, il devait créer une diversion.

— Le meilleur moyen de démontrer ta supériorité à Blake et de le dissuader de mettre ses menaces à exécution, c'est de t'investir à fond dans la préparation du tournoi. Chaque victoire nous rapportera de l'argent pour nos œuvres de charité, et Blake comprendra qu'il n'a plus de prise sur toi.

Son stratagème échoua lamentablement, car Sofia Acosta n'était pas née de la dernière pluie.

— Tu cherches à te débarrasser de moi ? s'enquit-elle, l'air soupçonneux. Que mijotes-tu ?

— Mieux vaut que tu n'en saches rien… Que *personne* n'en sache rien.

— Je constate que tu ne me fais toujours pas confiance.

Elle ne semblait ni offusquée ni furieuse, plutôt blessée. Son regard embué le lui confirma.

Xander avait dit vrai, elle avait une sensibilité à fleur de peau. Et un sacré cran !

— Il ne s'agit pas de cela, répondit-il. Simplement, les enjeux du tournoi sont d'une importance cruciale. Je préfère que tu oublies Blake pour te concentrer sur cette priorité : remporter les matchs et collecter le plus de fonds possible. Ensuite, je te commanderai le portrait de l'équipe victorieuse.

Elle se dérida.

— J'espère que ce ne sera pas celle de Nero Caracas, car je crains de ne pas peindre un tableau très flatteur !

Sofia rentra au ranch en compagnie du prince dans un climat plus détendu qu'il ne l'avait jamais été. Quel plaisir ! Il semblait que les tensions entre eux commençaient à se dissiper, ce qui lui donnait l'espoir que leur relation continuerait d'évoluer dans le bon sens.

Mais de retour dans sa chambre, elle se sentit de nouveau assaillie par l'inquiétude.

Cesare paraissait déterminé à gérer la situation sans son aide, et il avait manifestement échafaudé un plan. Lequel ? Il était de toute évidence convaincu de pouvoir neutraliser Howard Blake. À quel prix ? Y parviendrait-il sans s'exposer à des représailles ? Autant de questions sans réponse. Une chose était sûre, elle n'avait pas l'intention de rester sur la touche. Elle ne savait pas encore quand ni comment, mais elle n'hésiterait pas à intervenir si besoin.

Après une longue douche qui ne suffit pas à apaiser ses craintes, elle enfila un jean et un T-shirt propres avant de rejoindre l'équipe pour le barbecue prévu ce soir-là. Examinant son reflet dans le miroir, elle se trouva un air tendu.

Alors qu'elle rejoignait le groupe, Jess et Olivia vinrent au-devant d'elle avec un sourire chaleureux.

— Pas trop vermoulue ? s'enquit sa belle-sœur.

— Tout va bien, répondit Sofia, préférant garder pour elle ses états d'âme.

— Les échanges de regards entre mon frère et toi ne m'ont pas échappé, murmura alors Olivia. Jess et moi avons discuté ensemble. Nous sommes toutes les deux convaincues de ta bonne foi. Ce sale individu t'a piégée, toi aussi. Nous tenons à te dire que nous te soutiendrons en cas de besoin.

— Merci. Cela me fait du bien de vous savoir de mon côté.

— Un conseil : trouve la taupe, ajouta Olivia.

— La taupe ?

— L'informateur. Quelqu'un m'a filmée à mon insu. Tu as peut-être entendu parler du scandale créé par Howard Blake autour de cette vidéo ? Elle était tout ce qu'il y a de plus explicite… L'auteur de ce « chef-d'œuvre » est certainement celui qui a fourni les dates et les détails personnels figurant dans l'article, voire celui qui a réécrit ton texte.

Sofia sentit la peur lui tordre l'estomac. Il n'y avait rien de plus angoissant qu'un mystérieux ennemi tapi dans l'ombre, aux aguets.

— As-tu une idée de qui il pourrait s'agir ?

— Oui. Toutefois, je n'ai encore aucune preuve. Nous en reparlerons.

Cette conversation laissa Sofia encore plus angoissée. À présent, elle regrettait presque d'avoir fait appel à Cesare. Les ressources illimitées de celui-ci lui permettaient certes d'ouvrir de nombreuses portes, mais ils avaient affaire à un adversaire puissant qui, à en croire Olivia, n'agissait pas seul. Le piège se refermait inexorablement, et le prince était autant en danger qu'elle. Elle avait l'impression de vivre un cauchemar. Elle ne pouvait quand même pas rester les bras croisés en attendant que Cesare prenne tous les risques. Aussitôt, sa décision fut prise. Pendant qu'il s'occuperait du magnat de la presse, elle s'emploierait à traquer des informations sur son maître chanteur et à démasquer le ou les espions dans leur entourage.

Elle approcha du gril devant lequel le maître de maison s'activait.

— Tu t'entends bien avec ma sœur, à ce que je vois, lança-t-il avec une pointe d'ironie tout en lui préparant une assiette.

— C'est vrai, nous avons tout de suite sympathisé. J'espère que cela ne te pose pas problème ?

— Aucun. Simplement, ne prends pas tout ce qu'elle raconte pour argent comptant. Elle a parfois tendance à extrapoler.

— Ce qu'elle m'a raconté m'a pourtant paru sensé.

Cesare haussa les épaules.

— Si elle te propose de t'embarquer dans ses plans fumeux, refuse.

— Qui te dit que je n'ai pas réfléchi à un plan de mon côté ?

— Le cas échéant, j'insiste pour que tu me le soumettes avant de passer à l'action.

Sofia faillit s'étrangler avec la première bouchée du burger que Cesare venait de lui servir.

— Quel macho ! Pourquoi devrais-je t'en référer alors que toi-même as l'intention de faire cavalier seul ? Nous n'avons pas la même conception de la coopération !

— Je m'efforce juste de te protéger. Tu n'es pas aussi expérimentée que moi pour traiter avec des requins comme Blake.

— J'apprends vite.

— Cela ne dispense pas d'écouter les conseils.

— Ce que tu peux être barbant parfois ! s'exclama-t-elle en haussant les yeux au ciel.

— Oui, il paraît. Olivia me le dit toujours quand elle ne veut pas reconnaître que j'ai raison.

Il eut une grimace cocasse, et elle ne put s'empêcher de rire. Mais l'expression soudain grave de Cesare mit fin à son hilarité.

— Il y a un sujet important dont je souhaite m'entretenir avec toi loin des oreilles indiscrètes, ajouta-t-il. Allons dans mon bureau.

Dans *son bureau* ?

Elle visualisa aussitôt le sofa moelleux qui trônait au centre de la pièce.

11.

— Quel pourcentage de ta fortune personnelle as-tu investi dans le refuge ? demanda Cesare, sitôt la porte du bureau refermée derrière eux.

— La totalité, et j'ai hypothéqué la propriété, avoua Sofia. Il le fallait, sinon je n'aurais pas été à même d'accueillir tout le monde.

Il lui jeta un regard narquois.

— Avais-tu prévu d'écrire d'autres articles pour financer ton projet d'agrandissement ?

— Non ! Bien sûr que non ! Comment peux-tu penser une chose pareille ?

— Dans ce cas, comment comptes-tu t'y prendre pour t'en sortir ?

— J'envisageais de vendre mes tableaux.

L'idée lui paraissait absurde à présent. Qui voudrait de ses œuvres ? À ce jour, elle n'avait qu'un client – son frère –, et une commande hypothétique de Cesare.

— De quelle somme as-tu besoin ?

— Hors de question de t'emprunter de l'argent. Je finirai bien par trouver une solution.

— Laquelle ? Tu as une planche à billets ?

Elle préféra ignorer la pique.

— En revanche, tes suggestions sont les bienvenues.

— Il serait temps d'admettre que tu ne peux pas porter le poids du monde sur tes épaules. Je suis sûr que tes frères ne demanderaient qu'à t'aider si tu ne les rembarrais pas.

— Je ne les ai jamais rembarrés, et, crois-moi, ils ne se privent pas de me donner leur avis même lorsque je ne le sollicite pas.

Cesare marqua un moment de silence.

— Cela n'a pas dû être simple tous les jours pour l'adolescente que tu étais de cohabiter avec quatre grands frères.

— Tu n'as pas idée.

— Je crois que si, au contraire. Ma sœur s'est retrouvée sans père du jour au lendemain, et quand ma mère a émergé du chagrin causé par cette disparition soudaine, elle était une proie facile. À l'époque, je faisais partie des forces spéciales. Quand Olivia m'a appelé au secours, ce qui n'était franchement pas dans ses habitudes, j'ai quitté l'armée pour sauver le royaume des griffes d'un charlatan. Tu vois, j'ai un peu d'expérience, s'agissant de problèmes épineux à régler. J'irais même jusqu'à dire que je représente ton meilleur espoir.

Plutôt son *unique* espoir ! songea-t-elle.

Cesare s'approcha de la fenêtre.

— Ma mère a mis beaucoup de temps à accepter son deuil, déclara-t-il, le dos tourné. Cependant, au bout de quelques années, elle a pris un amant. Les journaux de Howard Blake en ont fait des gorges chaudes. J'étais encore à l'armée quand le palais a annoncé que cet homme au passé obscur et venu de nulle part, sans compétences ni relations, se proposait de seconder la reine dans l'exercice du pouvoir. En réalité, il s'apprêtait à usurper le trône.

Le trône qui devait revenir à Cesare.

Sofia imaginait sans mal ce qu'il avait ressenti et les efforts de diplomatie qu'il lui avait fallu déployer pour se débarrasser de l'intrigant tout en préservant sa mère, alors particulièrement vulnérable. Sans oublier le scandale concernant Olivia, qu'il avait dû étouffer quelques mois plus tard. Cela ne lui avait vraisemblablement pas laissé le loisir de s'occuper de ses propres problèmes.

— Quel est ton plan ? demanda-t-il en se retournant enfin.

Elle aurait préféré qu'il continue de parler de lui. Ainsi, elle aurait peut-être mieux compris cet homme à la personnalité si complexe. Pas étonnant qu'il veille à dissimuler ses sentiments. La vie s'était chargée de l'endurcir, sans pour autant lui ôter son sens moral. Finalement, ils avaient quelque chose en commun : l'altruisme. Tous deux ne reculaient devant aucun sacrifice pour défendre la veuve et l'orphelin.

— Alors ?

— J'ai l'intention de mener ma petite enquête au sujet de Blake.

— Pour identifier son talon d'Achille ?

— Oui. Il en a forcément un. Mais, au-delà de ça, je souhaite découvrir pourquoi tu lui inspires une telle haine qu'il est prêt à tout pour te détruire.

— Tu as raison, il me hait.

— Nous avons fini par nous mettre d'accord sur un point ! Une grande première ! s'exclama-t-elle, ironique.

L'expression de Cesare s'étant assombrie, elle décida qu'il était temps de battre en retraite.

— Si je déniche quelque chose d'intéressant, je t'en ferai part.

— J'espère bien. Bonne nuit, Sofia.

— Bonne nuit.

Il ne tenta pas de la retenir, et elle s'efforça de se convaincre que c'était mieux ainsi.

Cesare, songeur, reporta son regard sur le paysage qui s'assombrissait.

Sofia était partie brusquement, claquant presque la porte derrière elle. Non pas par colère, ou de déception qu'il ait refusé de partager avec elle son plan d'action contre Howard Blake, mais, il le devinait, en raison de l'attirance qui les poussait l'un vers l'autre. Il avait suffi d'un échange de regards pour que le désir surgisse. Il l'avait deviné à la rougeur intempestive de ses joues et à sa respiration saccadée.

Il exhala un long soupir.

Cette femme représentait une menace pour son équilibre. Lorsqu'une relation risquait de devenir trop compliquée sur le plan émotionnel, il choisissait systématiquement de se dérober. Il avait appris à maîtriser sa sensibilité pour éviter de souffrir.

Lui qui idolâtrait son père, il n'avait pas accepté qu'une chute de cheval puisse mettre fin aussi soudainement à un destin exceptionnel. Ils étaient faits de la même étoffe : ils résolvaient les problèmes, trouvaient des solutions. La disparition tragique de son mentor l'avait confronté pour la première fois à un événement tragique sur lequel il n'avait aucune prise. Une vie brisée net, plusieurs autres bouleversées, et lui, impuissant.

Sa mère, anéantie, avait sombré dans la dépression, et sa sœur s'était murée dans le silence. Dès lors, il n'avait eu de cesse de veiller sur sa famille et sa patrie, reléguant au second plan ses propres sentiments. Il s'était aussi retrouvé catapulté sur le devant de la scène. Le choc créé par le décès prématuré du roi avait déstabilisé le royaume. S'interrogeant sur son avenir, le peuple avait cédé à une sorte d'angoisse collective. À l'époque, il ne considérait pas le prince, jeune homme impétueux dont les exploits le divertissaient, comme le digne successeur de son père. Cesare avait dû changer radicalement sa façon de vivre pour gagner peu à peu la confiance de ses compatriotes.

Une fois la reine suffisamment rétablie pour reprendre les rênes du pouvoir, il avait réintégré l'armée dans les forces spéciales. C'était lors d'une mission plus longue que les autres qu'il avait reçu l'appel désespéré d'Olivia l'informant que l'amant de leur mère convoitait le trône. Alors, il était rentré définitivement pour débarrasser sa nation de cet usurpateur, avant d'accepter le poste de conseiller en chef de la Couronne.

Cette plongée dans le passé le ramena à sa préoccupation du moment : Howard Blake.

La troisième tentative de cet individu pour le discréditer

tenait de l'acharnement. L'analyse de Sofia était pertinente : chez lui, la rancune s'était muée en haine viscérale.

Quant à celle-ci, il devait la garder à l'œil. Pourvu qu'elle ne se lance pas dans une entreprise risquée pour faire éclater la vérité ! Il devait s'en assurer sans attendre, la patience n'étant pas la qualité principale de la jeune femme.

Ne la trouvant pas dans sa suite, il se rendit directement aux écuries. Il la découvrit devant le box de son poney, en train de caresser le museau de l'animal.

En deux enjambées, il fut près d'elle.

— Je t'interdis de t'approcher de Blake, tu m'entends ? déclara-t-il de son ton le plus autoritaire.

Elle sursauta et se retourna brusquement.

— Cesare ?

— Qui d'autre partirait à ta recherche à la nuit tombée pour t'empêcher de commettre une erreur monumentale ?

Sofia éprouva un étrange pincement au cœur.

Cesare avait l'air soucieux. S'inquiétait-il à ce point de son sort ?

Raison de plus pour aborder un sujet plus terre à terre.

— Tu tombes bien. Je voulais t'informer d'une initiative que je viens de prendre.

Son expression s'assombrit davantage, ne laissant rien présager de bon.

— Une initiative ? Sans m'en parler au préalable ?

— Inutile de monter sur tes grands chevaux. J'ai simplement passé un coup de fil.

— À qui ? Réponds-moi, je t'en conjure. Ne me dis pas que tu as téléphoné à Blake !

À présent, il paraissait réellement angoissé.

— À une pensionnaire de mon refuge. C'est elle qui m'a transmis la proposition du journal. Je ne me suis pas méfiée. Dante prétend que j'accorde trop vite ma confiance aux gens. En l'occurrence, je crois qu'il n'avait pas tort. Je soupçonne cette femme d'être la complice de Blake.

Cesare fronça les sourcils.

— Mais comment aurait-elle pu avoir connaissance de mon emploi du temps ?

— Il y a peut-être plusieurs conspirateurs. Le magnat de la presse a les moyens de se payer une armée d'espions. Moi, tout ce que j'offre, c'est un havre de paix où s'abriter le temps d'avoir recouvré la force d'affronter le monde extérieur. Blake a dû lui proposer une grosse somme d'argent en échange de ce service. Je comprends qu'elle ait cédé à la tentation.

— Tu es beaucoup trop indulgente.

— Je sais ce que l'on ressent quand on perd le contrôle de sa vie et qu'on ignore de quoi demain sera fait. Voilà pourquoi je lui trouve des circonstances atténuantes.

— Eh bien, pas moi ! Maintenant que tu as identifié un suspect, je prends le relais. Tu ne mesures pas l'ampleur du danger, et malgré nos divergences je ne permettrai à personne de te faire du mal impunément.

Émue, elle plongea son regard dans celui de Cesare, et son trouble s'accrut. Désormais, cet homme ne détenait plus seulement le pouvoir d'enflammer ses sens, mais aussi celui de faire vibrer son cœur.

— On est bien d'accord, tu me laisses m'en occuper sans intervenir ?

— Tu oublies que j'ai survécu dans une maison peuplée de quatre grands gaillards !

— Howard Blake n'a rien à voir avec tes frères. Tu es pourtant bien placée pour le savoir.

— Si tu t'imagines que je vais rester les bras croisés, c'est mal me connaître. Je n'ai pas pour habitude de fuir mes responsabilités.

— Je ne te dispenserai pas d'entraînement, déclara-t-il d'un ton péremptoire.

Il ne supportait peut-être pas qu'on conteste son autorité, mais elle n'avait pas l'intention de céder un pouce de terrain.

— Cette décision m'appartient, Cesare. J'ai répondu à

une invitation, et non à une convocation. Voilà pourquoi je suis ici. Libre à moi d'agir comme je l'entends.

Il l'attrapa par les épaules.

— Hors de question ! Mets-toi bien ça dans le crâne !

Il paraissait si furieux qu'elle n'osa pas riposter.

— Crois-tu vraiment que je te laisserai courir un tel risque ? Ne comprends-tu pas l'importance des enjeux ? Nous ne parlons pas simplement de calomnie, là ! Blake se fiche pas mal de ce qu'il peut t'arriver, il en a après mon royaume. Dans cette affaire, il te considère comme un pion. S'il doit t'écraser pour atteindre son but, il le fera. Tu feras juste partie des dommages collatéraux. Ta vie n'a aucune valeur à ses yeux. *Aucune !*

Le visage de Cesare se trouvait tout près du sien. Le prince manifestait une passion dont elle ne l'aurait pas cru capable. D'ordinaire, il se gardait d'extérioriser la moindre émotion. Elle l'avait toujours considéré comme un animal à sang froid. Elle découvrait aujourd'hui que le feu couvait sous la cendre.

Elle respira profondément et le fixa avec fermeté.

— Je suis assez grande pour assurer ma propre protection, Cesare. Ne t'inquiète pas, je te promets d'être prudente. Je serai de retour à temps pour disputer les matchs, et nous gagnerons sur tous les tableaux.

Cesare n'en croyait pas ses oreilles. L'entêtement de Sofia mettait sa patience à rude épreuve. Elle avait tendance à prendre ses désirs pour des réalités si elle se figurait que le bien triomphe toujours du mal. Quelle naïveté ! Quoi qu'il dise ou quoi qu'il fasse pour la convaincre du contraire, elle n'en démordrait pas.

Puisqu'elle ne lui laissait pas le choix, il allait employer la méthode dont il avait usé à plusieurs reprises avec sa sœur, une jeune femme aussi déterminée et obstinée que Sofia, à savoir la manière forte.

— Si tu m'y obliges, j'ordonnerai la fermeture des frontières pour t'empêcher de quitter le royaume.

Contre toute attente, sa menace lui valut un sourire. Sofia ne paraissait pas effrayée le moins du monde.

Cette jeune femme avait un sacré tempérament.

— Je ne vois pas ce qu'il y a de drôle !

— Je me disais que tu descendais enfin de ta tour d'ivoire, rétorqua-t-elle, une pointe de défi dans le regard.

Leurs bouches étaient si proches que leurs souffles ne faisaient qu'un. Il s'empara de ses lèvres sans trop savoir si c'était pour effacer ce sourire moqueur ou, tout simplement, parce qu'il en avait une envie folle.

12.

Quand Cesare plaqua sa bouche contre la sienne et que sa langue força le barrage de ses lèvres, Sofia songea confusément que ce n'était pas une bonne idée, qu'elle devrait avoir le courage de…

De quoi ? Le repousser ? Impossible. Tous ses sens lui hurlaient le contraire. Son corps brûlait de désir, et tant qu'il n'aurait pas obtenu satisfaction, il imposerait sa loi.

De ses doigts qui tremblaient un peu, elle déboutonna sa chemise et en écarta les pans pour poser ses mains sur son torse.

Lorsque Cesare lui sourit, son cœur se gonfla d'allégresse.

— On dirait que l'odeur du foin t'inspire, murmura-t-il. Tu as décidément une prédilection pour les granges et les écuries.

— Je ne t'ai pas donné rendez-vous, objecta-t-elle en lui rendant son sourire. C'est toi qui es venu me rejoindre ici.

— Je ne t'importune pas trop, j'espère ?

Elle ne répondit pas, car l'heure n'était plus à la joute verbale. Il avait entrepris de la dévêtir. Bientôt, elle se retrouva nue devant lui. Sans la quitter du regard, il ouvrit sa braguette. De toute évidence, il partageait son impatience, car il ne prit pas la peine d'ôter son jean. Il se contenta de le baisser.

Ils firent l'amour debout, agrippés l'un à l'autre, leurs mouvements devenant de plus en plus frénétiques à mesure que le plaisir montait.

Sofia ne pouvait retenir ses plaintes tandis que l'onde de volupté se répandait dans son ventre.

— Viens, grogna Cesare, la respiration saccadée. Si tu continues, je vais exploser.

Alors, elle ouvrit les vannes, et la jouissance déferla, tel un raz-de-marée d'une intensité inouïe. Lorsqu'elle reprit pied dans la réalité, elle était étendue, blottie dans les bras de cet amant qui savait la combler.

— La prochaine fois, je te veux dans mon lit, lui chuchota-t-il à l'oreille, avant de l'embrasser dans le creux de son cou.

Incapable de prononcer un mot, elle émit un petit grognement.

— Aurais-je réussi à t'épuiser ?

— Prétentieux ! Je doute que tu y parviennes, répondit-elle en s'étirant langoureusement. À mon tour de te poser une question : était-ce un stratagème pour m'amadouer et me convaincre de t'obéir ?

— M'obéir, toi ? Même dans mes rêves les plus fous, je n'oserais imaginer te dompter !

— Réponds-moi honnêtement, s'il te plaît.

— Quel est le réel objet de ta question, Sofia ?

— M'assurer que je n'ai pas succombé à une simple opération séduction.

— Tu ne peux pas manquer de confiance en toi à ce point !

Qui sait ? Depuis qu'elle partageait une certaine intimité avec Cesare, elle avait parfois l'impression que ses actes et même ses pensées échappaient à son contrôle.

— Promets-moi que tout ceci n'a pas pour unique but de me manipuler.

— Moi aussi, j'ai une libido, protesta-t-il.

Belle dérobade. Mais il ne s'en tirerait pas à si bon compte.

— Cela ne signifie rien d'autre pour toi ?

— Je ne comprends pas où tu veux en venir.

Elle retint de justesse un soupir.

Chaque fois qu'elle tentait d'instaurer un début de complicité entre eux, Cesare se refermait aussitôt dans sa coquille. Pourtant, elle avait l'étrange pressentiment qu'un jour, à force de persévérance, elle franchirait le rempart qu'il érigeait entre eux. Un effet de son enthousiasme excessif, sans doute…

Comme pour atténuer la froideur de ses propos, il se mit à lui caresser les cheveux avec une douceur qui acheva de la déstabiliser.

Des marques de tendresse, elle en recevait peu depuis la mort de ses parents. Ses frères étaient plutôt du genre à lui témoigner leur affection par une brève accolade…

Cesare, probablement alerté par son mutisme, lui releva le menton du bout du doigt. Prise au dépourvu, elle n'eut pas le temps de détourner son regard embué par l'émotion.

Il parut décontenancé.

— Est-ce si difficile pour toi de croire que, en dehors de ta famille, quelqu'un puisse se soucier de ce qu'il t'arrive ? Ou que tu puisses susciter chez un homme une envie insatiable de ton corps ?

— Enfin un peu de franchise, marmonna-t-elle, souriant à travers ses larmes.

— Il est tard. Rentrons, déclara-t-il soudain.

Une fois encore, il se dérobait. Parviendrait-elle un jour à le connaître vraiment ?

Comment convaincre une femme aussi entière et sensible que Sofia Acosta qu'elle n'avait rien à craindre de lui ?

La réponse s'imposait d'elle-même : en partageant un moment d'où seraient bannis le sexe et les rapports de force, avec néanmoins un zeste de compétition pour pimenter la chose !

— Joues-tu aux échecs ? demanda-t-il à Sofia alors qu'ils se rhabillaient en silence.

Elle cessa de lisser ses cheveux et d'en ôter les brins de paille qui s'y accrochaient encore pour le fixer, l'air stupéfait, jugeant manifestement sa question incongrue.

— Aux échecs ? répéta-t-elle. Oui, je sais y jouer. Pourquoi ?

— Que dirais-tu de faire une partie ensemble ? Ce jeu m'aide souvent à y voir plus clair, car il est stimulant pour l'esprit et apaisant.

— Apaisant ! s'exclama-t-elle en riant. Quand j'y joue avec un de mes frères, il se transforme en bataille rangée. Il est même arrivé que, sous le coup de la colère, mon adversaire renverse le plateau et quitte la pièce en claquant la porte. Mais si tu me promets de ne pas te comporter ainsi, j'accepterai volontiers de disputer une partie contre toi.

Connaissant le caractère impétueux de certains membres de la fratrie, cela ne l'étonnait guère.

— Tu as ma parole. Allons dans mon bureau.

Une fois sur place, ils s'installèrent de part et d'autre de l'échiquier sur une petite table réservée à cet effet, et Cesare disposa les pièces.

— Lesquels veux-tu ?

— Les noirs, si tu n'y vois pas d'inconvénient. Tu es prêt ?

— J'espère que tu ne tiens pas de tes frères et que tu sais perdre avec le sourire ?

Elle le fusilla du regard.

Il se rendit vite compte qu'il avait affaire à une adversaire redoutable qui ne laissait passer aucune faute d'inattention. Néanmoins, il perça à jour son plan et finit par le déjouer.

— Tu m'as eue, concéda Sofia en étudiant d'un œil critique la position des pièces.

— Pas encore, mais ça ne saurait tarder.

Le souvenir de leurs récents ébats dans l'écurie nuisait à sa concentration, et la moue mutine de son adversaire n'arrangeait pas les choses. S'agissait-il d'une manœuvre délibérée pour le déconcentrer ? Il avait du mal à détacher son regard de ces lèvres pulpeuses que Sofia humectait tout en réfléchissant.

Quand il le reporta sur l'échiquier, il était trop tard.

— Échec ! s'exclama-t-elle fièrement.

Il se leva et se massa la nuque avec l'attitude du vaincu.

Puis, après avoir permis à Sofia de savourer son triomphe, il reprit sa place.

Sûre de sa victoire, celle-ci l'observait au lieu de garder les yeux fixés sur l'échiquier. C'était le moment ou jamais.

Il déplaça sa dame.

— Échec et mat, annonça-t-il d'un ton égal.

— Bravo. Je m'incline.

— Veux-tu prendre ta revanche ?

— Pourquoi pas.

— Sinon, je connais un jeu tout aussi captivant…

Il n'eut pas besoin de préciser sa pensée. À la lueur qui illumina les prunelles noires, il comprit que Sofia avait deviné son intention.

Main dans la main, ils traversèrent la grande maison désormais déserte et silencieuse. Parvenus à l'étage, il ne put se retenir de l'embrasser. Un baiser en entraîna un autre, puis un autre encore, et ils n'eurent bientôt plus qu'une idée en tête : se retrouver nus l'un contre l'autre.

— Attends, murmura-t-il tandis que Sofia bataillait avec les boutons de son polo. Rappelle-toi ce que je t'ai dit tout à l'heure dans l'écurie : « la prochaine fois, je te veux dans mon lit ».

Il l'entraîna dans sa chambre.

Leurs vêtements ne tardèrent pas à voltiger. Il la bascula sur le matelas. Leur étreinte fut brève, passionnée, presque sauvage, et le plaisir, d'une intensité inégalée.

Aussi paradoxal que cela paraisse, plus il faisait l'amour avec Sofia, et plus il avait envie d'elle. C'était comme une faim qu'il ne parvenait pas à assouvir.

Où cette relation allait-elle les mener ?

Chacun avait déjà une vie bien remplie, lui à assumer ses responsabilités de prince héritier, elle à s'occuper des laissés-pour-compte.

« Le calme avant la tempête », songea malgré elle Sofia, lovée contre Cesare dans son lit immense.

Elle ressentait une sorte de béatitude. Elle n'aurait pas pu rêver meilleur amant. Sous ses caresses, elle s'épanouissait, et ses doutes se volatilisaient comme par magie.

Cesare dormait paisiblement, à en juger par sa respiration régulière mais, pour sa part, elle n'avait guère fermé l'œil de la nuit.

Aujourd'hui, elle ne participerait pas à l'entraînement. Elle avait d'autres projets. Il fallait qu'elle agisse vite pour éviter que son plan ne soit contrecarré.

Elle se faufila hors du lit, fila sous la douche et prit à peine le temps de se sécher avant d'enfiler ses vêtements. Cependant, avant de partir, elle s'offrit le plaisir de contempler Cesare.

Nu, il était encore plus beau. C'était la première fois qu'elle le voyait totalement détendu, le sommeil ayant chassé la tension qui crispait souvent ses traits. Elle éprouva l'envie un peu ridicule de l'embrasser avant de partir.

Non, elle risquerait de le réveiller. De toute façon, elle le retrouverait bientôt. Si tout se déroulait comme elle l'espérait, elle ne s'absenterait pas longtemps.

En passant devant son bureau, elle eut l'idée de lui laisser un message. Elle le rédigea à la hâte, expliquant qu'elle serait de retour au plus tard trois jours avant le tournoi afin d'assister aux dernières séances de préparation. Puis, à pas de loup, elle descendit dans le hall. À cette heure matinale, personne ne s'activait encore. La maison et le ranch étaient plongés dans un silence profond.

Elle referma la porte d'entrée en songeant au tour que prenaient ses relations avec le prince. La froideur qu'il lui témoignait au début avait disparu. Elle avait découvert un homme passionné, drôle et capable d'attentions. Certes, ils n'avaient échangé aucun de ces petits mots tendres que les amants se chuchotent dans l'intimité, mais certains gestes, certains regards, étaient plus éloquents que des paroles. À moins qu'elle ne se fasse des illusions…

Le taxi qu'elle avait commandé l'attendait devant la grille pour la conduire à l'aéroport. Elle y prendrait le premier avion à destination de l'Espagne. Une fois au refuge, elle démasquerait l'informateur, car quelqu'un était forcément de mèche avec Howard Blake. Et si elle n'y parvenait pas, elle irait à Londres affronter le magnat de la presse, passant outre les mises en garde de Cesare.

Avant de grimper dans le véhicule, elle jeta un dernier regard en direction de la maison.

Le soleil commençait tout juste à poindre, et déjà quelques lumières s'allumaient derrière les fenêtres. D'ici peu, à son réveil, Cesare constaterait qu'elle était partie.

— Pardon, murmura-t-elle.

13.

Hors de lui, Cesare arpentait la pièce tel un lion en cage.

— Je comprends votre agacement, Votre Altesse, déclara Domenico, d'un ton qui se voulait apaisant mais qui ne fit que l'énerver davantage.

Son secrétaire particulier tendit la main vers le journal ouvert sur son bureau.

— N'y touchez pas ! aboya Cesare, avant de se reprendre aussitôt. Pardonnez-moi, vous n'y êtes pour rien.

Domenico accusa réception de cette excuse d'un bref hochement de tête puis s'éloigna prudemment.

Pourtant, sa seule présence suffisait à irriter Cesare. Il détestait l'attitude de son employé à son égard depuis quelque temps. Il ne s'agissait plus de respect mais d'obséquiosité, et cela commençait à lui taper sur les nerfs. Les membres de la famille royale vivaient entourés d'un personnel zélé, discret, et a priori digne de confiance. Un privilège, reconnaissait-il volontiers, mais en l'occurrence, il aurait mille fois préféré se retrouver parmi ses frères d'armes pour pouvoir évacuer librement sa frustration.

— Cet article est… honteux, se hasarda à dire Domenico.

— Il ne vaut même pas la peine qu'on en parle !

D'un geste dédaigneux, il froissa le journal et le jeta dans la corbeille à papier. Il s'était contenté de lire en diagonale le ramassis d'imbécillités dont Sofia était, de nouveau, prétendument l'auteur. Quand l'aurait-elle écrit ? À ses moments perdus ? Elle n'en avait quasiment pas depuis qu'elle séjournait au ranch, il était bien placé pour le savoir !

Où diable était-elle passée ?

En réalité, c'était l'inquiétude qui le mettait dans un tel état. Avait-elle pris connaissance de ce second article ? Cela pourrait expliquer son absence. Sofia n'était pas une écervelée. En revanche, elle n'avait pas froid aux yeux, et il redoutait que, pour prouver son innocence, elle se soit lancée dans une aventure dont le danger risquait de la dépasser. Pourquoi était-elle partie sans le prévenir ? Pourquoi ne l'avait-elle pas réveillé ?

— Il est difficile de croire la señorita Acosta capable d'écrire ça, murmura Domenico.

— C'est parfaitement impossible, vous voulez dire ! répliqua Cesare sur un ton sans appel.

Il avait conscience de se défouler sur le pauvre Domenico, mais c'était plus fort que lui. Il semblait que son sang-froid et ses bonnes manières l'aient quitté en même temps que Sofia.

Pour cette deuxième parution, l'auteur, quel qu'il soit, avait mis les bouchées doubles, attribuant à Cesare un nombre de maîtresses digne du harem de Genghis Khan. Il lui aurait fallu trois vies pour parvenir à satisfaire autant de concubines ! Toutefois, la principale erreur commise par le scribouillard était de s'être attaqué à Sofia, la faisant passer pour une intrigante qui se vantait d'avoir attiré le prince dans ses filets afin de prouver son addiction au sexe.

Non, décidément, elle n'aurait jamais inventé une telle histoire. Le style grandiloquent du texte suffisait d'ailleurs à la disculper.

— Prévenez le pilote de préparer mon jet. Nous partons aujourd'hui pour l'Espagne.

— En plein milieu de l'entraînement ?

De quel droit son secrétaire se permettait-il de remettre en cause ses décisions ?

— Je serai de retour très rapidement.

— Mais, le propriétaire du journal n'habite-t-il pas à Mayfair ?

— Il est le second sur ma liste.

— Puis-je vous demander qui est le premier ?

— Non, vous ne le pouvez pas, rétorqua Cesare sèchement. Depuis quand devrait-il rendre des comptes à un employé ?

— C'est bon, donnez-moi cela, ordonna Sofia en surprenant Domenico di Sufriente en train de pianoter comme un forcené sur le clavier de son ordinateur portable.

Il sursauta et se leva précipitamment. De toute évidence, il ne s'attendait pas à sa visite. À coup sûr, il s'était renseigné et la croyait dans l'avion qui la ramènerait chez elle.

En fait, le trajet en taxi jusqu'à l'aéroport avait duré assez longtemps pour permettre à Sofia de prendre du recul et d'analyser froidement la situation. Elle en était arrivée à la conclusion qu'un complice au moins se trouvait dans l'entourage immédiat du prince. C'était devenu une telle évidence qu'elle avait prié le chauffeur, un peu interloqué, de faire demi-tour.

— Vous donner quoi ? s'enquit le secrétaire, l'air pincé.

— Votre ordinateur portable.

L'homme la toisa.

— Hors de question.

Loin de se laisser impressionner, elle se plaça de manière à jeter un coup d'œil à l'écran, ce qui confirma ses soupçons.

— Vous rédigez un e-mail à l'intention de Howard Blake ? Dans quel but ? Pour l'informer que je rentrais en Espagne, peut-être ?

— Est-ce une habitude chez vous de lire les messages qui ne vous sont pas destinés ? lança-t-il d'une voix condescendante.

— Non, c'est la première fois. Cependant, si vous n'avez rien à cacher, je ne vois pas en quoi cela vous gêne.

— Je n'ai effectivement rien à cacher, répliqua Domenico, qui rabattit malgré tout l'écran d'un coup sec. Vous avez une imagination débordante. Je m'étonne que vous ayez le toupet de revenir ici après les nouvelles calomnies que vous avez répandues au sujet de Son Altesse.

— Je n'y suis pour rien, et vous le savez pertinemment. J'ai rédigé un seul article, qui a été entièrement modifié avant sa parution. Je ne suis pas journaliste de métier, mais…

— Inutile de le préciser, répliqua Domenico avec un sourire mauvais. N'importe quel lecteur s'en sera rendu compte. Vous, votre truc, c'est plutôt la philanthropie !

— Si vous faites allusion à mon refuge, sachez qu'il vient en aide à ceux qui en ont besoin. Pour moi, c'est tout ce qui importe, et je me moque pas mal de vos sarcasmes. Ironisez autant qu'il vous plaira, vous ne parviendrez pas à le discréditer.

— Parce que vous vous imaginez que je gaspillerais mon énergie à dénigrer votre misérable petite communauté ?

Domenico ne se donnait même plus la peine de feindre. Le masque de servilité était tombé, remplacé par une expression haineuse. Rongé par une jalousie viscérale à l'encontre de la famille royale, cet homme était dangereux. À travers les fentes de ses yeux étrécis, ses prunelles avaient la dureté de l'onyx.

Elle sentit son sang se glacer. Seuls les imbéciles n'ont jamais peur, lui avait dit un jour son frère aîné.

— C'est vous le coupable, déclara-t-elle, maîtrisant le tremblement de sa voix.

— Coupable de quoi ? répliqua-t-il d'un ton hargneux.

— Vous êtes le seul à pouvoir fournir les détails mentionnés dans ces articles. Le seul qui ait accès à l'agenda du prince. Durant le trajet jusqu'à l'aéroport, j'ai passé en revue tous les autres membres de son entourage proche, et aucun n'en connaît plus sur l'emploi du temps de Son Altesse que son secrétaire particulier.

Une lueur de vanité traversa le regard de Domenico.

— Vous admettez donc que ces textes sont le reflet de la réalité.

— Absolument pas. J'affirme simplement que vous avez déformé les faits afin qu'ils servent vos manigances et celles de votre maître, Howard Blake. Je vous accuse par ailleurs d'avoir introduit à la cour un escroc afin qu'il séduise la reine lorsque Sa Majesté était encore fragile. Personne n'en sait autant que vous sur la famille royale et sur la meilleure façon de lui nuire.

Sur le chemin de l'aéroport, Cesare écouta tous ses messages téléphoniques en main libre.

Il n'y en avait aucun de Sofia. Il appela ensuite son équipe chargée de la sécurité, constituée d'ex-membres des forces spéciales. Son premier réflexe en se réveillant et en constatant la disparition de Sofia avait été de contacter ces anciens militaires pour qu'ils se lancent à la recherche de la jeune femme et s'assurent qu'elle ne courait pas de danger. C'était ainsi qu'il avait appris qu'elle avait projeté de rentrer en Espagne.

Après avoir raccroché, il se gara sur le bas-côté et passa encore deux coups de téléphone : l'un à l'aéroport car, en homme méticuleux, il vérifiait systématiquement ses renseignements – il eut l'information que la señorita Acosta ne s'était pas présentée à l'embarquement –, l'autre à son pilote pour annuler son propre vol.

Les pneus de son bolide crissèrent sur le bitume lorsqu'il fit demi-tour.

Peu de véhicules circulaient, de sorte qu'il put libérer les chevaux sous le capot. Tout en pilotant, il réfléchit à la situation, s'efforçant d'envisager toutes les hypothèses.

Pour qu'elle ait renoncé à se rendre en Espagne, Sofia avait certainement découvert quelque chose. À moins qu'on ne l'ait empêchée de prendre l'avion ?

Il se remémora la nuit merveilleuse qu'ils avaient passée ensemble, et au souvenir de ces précieux moments, il sentit son cœur se serrer douloureusement.

Il ne voulait pas la perdre !

Quant à Howard Blake, il lui avait déjà réglé son compte. L'homme d'action qu'il était, une fois sa décision prise, mettait aussitôt son plan à exécution. Ses avocats d'affaires avaient travaillé toute la nuit pour produire un document garantissant l'avenir du refuge de Sofia et pour lancer une OPA hostile contre le groupe de presse de Blake. Ce n'était désormais plus qu'une question d'heures avant que les médias de ce charlatan n'appartiennent à l'une des sociétés anonymes fondées par le prince di Sestieri Ardente pour préserver les intérêts de sa famille.

Sofia avait-elle lu le deuxième article ? Le cas échéant, comment avait-elle réagi ? Avait-elle deviné comme lui l'identité de l'informateur ? Était-elle retournée au ranch afin de confondre le coupable ?

Autant de questions sans réponse, et cette incertitude le rendait fou d'inquiétude.

Il appuya sur la pédale d'accélérateur.

À présent que Sofia avait abattu toutes ses cartes, elle se sentait particulièrement exposée. Ses frères assistaient à la séance d'entraînement, et Cesare avait dû s'absenter, car elle n'avait pas vu sa voiture en revenant de l'aéroport. Or, il ne faisait aucun doute que Domenico di Sufriente, tout comme Howard Blake, était prêt à tout pour mener à bien son entreprise de destruction.

— Et comment comptez-vous utiliser ce que vous avez ? s'enquit celui-ci d'un ton narquois. Allez-vous en parler au prince ? Pensez-vous réellement qu'il vous croira sur parole après la publication du second article ? Je l'ai servi durant des années, tandis que vous, il vous connaît à peine. Il aura forcément un doute quant à votre sincérité.

À chaque question, le secrétaire avançait d'un pas.

Elle recula prudemment en direction de la porte, espérant

qu'elle parviendrait à s'échapper avant qu'il ne lui bloque le passage.

— Je suis prête à parier que, de nous deux, c'est moi qu'il croira.

Dans son for intérieur, elle priait pour avoir raison. Sinon, toutes ces ignominies détruiraient à jamais la relation de confiance qu'ils commençaient tout juste à construire. Il la chasserait à jamais de sa vie, et cela, elle ne le supporterait pas. Ses frères ne lui adresseraient plus la parole et, faute de financement, elle devrait fermer son refuge. Chacun la fuirait comme une pestiférée… Et cela ne serait rien en comparaison des conséquences potentielles sur l'image de marque du futur roi.

— Où est-il ? demanda-t-elle sans plus chercher à cacher son angoisse. Que lui avez-vous fait ?

— À lui, rien encore, répondit Domenico.

C'est alors qu'il se rua sur elle et la plaqua contre le mur.

Les doigts de son agresseur se refermèrent autour de son cou.

Elle se débattit, mais sa vue commençait à se voiler, et elle n'allait pas tarder à suffoquer. Elle eut malgré tout le réflexe de lui asséner un bon coup de genou dans l'entrejambe.

Ce fut alors que tout bascula. Les doigts qui lui enserraient la gorge la lâchèrent subitement. Quand sa vision s'éclaircit, elle vit le secrétaire étendu sur le sol, et Cesare qui l'avait immobilisé. Un garde du corps fit bientôt irruption, qui emmena Domenico sans ménagement.

— Cesare !

Sa voix ressemblait étrangement à un croassement.

Aussitôt, il se précipita vers elle et la serra si fort contre lui qu'elle faillit étouffer pour de bon. Puis il desserra son étreinte et s'écarta d'un pas pour l'examiner. Son regard exprimait du soulagement, mais aussi une émotion plus profonde.

— Merci, parvint-elle à articuler entre deux quintes de toux.

— Ne me remercie pas, murmura-t-il avec une douceur inaccoutumée. Tu avais déjà fait la moitié du travail ! Si tu ne l'avais pas frappé à l'endroit le plus sensible chez un homme, il aurait continué à t'étrangler de ses deux mains, et…

— Finalement, vivre avec quatre frères m'aura appris quelques trucs utiles.

Sa plaisanterie tomba à plat. Manifestement, Cesare n'était pas d'humeur à plaisanter.

— J'aurais dû être là pour te protéger.

— Tu es revenu à temps pour me sauver des griffes de ce monstre, rien d'autre ne compte. De toute façon, je me sens déjà mieux.

Un pieux mensonge. Ses jambes tremblaient tellement que si Cesare n'avait pas été là pour la soutenir, elle se serait effondrée. Dans le feu de l'action, l'instinct de survie et une excellente condition physique lui avaient permis de se défendre. L'adrénaline refluant, elle prenait conscience qu'elle avait échappé de peu à une mort certaine. Car Domenico était animé d'une telle rage meurtrière qu'il serait allé jusqu'au bout. Elle l'avait vu dans son regard. Elle se doutait que l'attitude servile du secrétaire n'était qu'une façade, mais elle n'aurait pas imaginé même dans ses pires cauchemars que, ainsi acculé, il pourrait devenir un assassin.

— Je n'y crois pas une seconde. Tu es livide. Allons dans mon bureau. Nous devons parler.

— De l'article ? suggéra Sofia. Tu l'as lu ?

— Bien sûr, répondit Cesare d'un ton impassible qui ne laissait pas deviner le fond de sa pensée.

— Comment as-tu su que j'étais ici ?

— Appelons cela de l'intuition, et un certain esprit de déduction… Assieds-toi dans le sofa. Je vais te servir un petit remontant, déclara-t-il une fois dans son bureau.

Il s'approcha de la console où s'alignaient une multitude de bouteilles, puis revint avec un verre en cristal taillé contenant un liquide ambré.

— Tiens, bois ça.

— Je ne prends jamais d'alcool fort, protesta-t-elle.

— Aujourd'hui, c'est le jour ou jamais pour faire une exception. Après, nous discuterons.

Elle s'exécuta.

Dès la première gorgée, une agréable chaleur se répandit dans tout son corps. Sous l'effet conjugué du whisky, du cadre cosy de cette pièce et du canapé moelleux, elle sentit une immense fatigue l'envahir.

Elle ferma les yeux.

— Comment pourrai-je jamais…

— Soyons clairs, l'interrompit Cesare avec fermeté. Cet article, je sais que ce n'est pas toi qui l'as écrit. Tu n'as rien à te reprocher, et personne n'attend de toi un mea culpa.

— Sans moi, la campagne de calomnie contre toi n'aurait jamais commencé, objecta-t-elle.

Il haussa les épaules.

— Blake ne t'a pas attendue pour tenter de me discréditer auprès de mon peuple. Si tu avais refusé sa proposition, il se serait servi de quelqu'un d'autre. Ce type est un pervers.

— Je ne suis pas sûre que mes frères se montrent aussi compréhensifs. Ils vont penser que je t'ai de nouveau trahi.

— Cela m'étonnerait beaucoup. Par ailleurs, je parierais qu'ils se sont rendu compte de ce qu'il se passe entre nous.

Que se passait-il exactement entre eux ? songea-t-elle tandis que Cesare poursuivait son raisonnement.

— Tes frères nous connaissent tous les deux depuis longtemps, et bien que vos relations se soient détériorées après la parution du premier article, ils sont très fiers de leur petite sœur. Ils ne croiront pas une seconde que tu as cherché à m'amadouer pour mieux me poignarder dans le dos.

L'amadouer ? Elle aurait tellement préféré l'entendre dire que le lien qui les unissait désormais transcendait les rumeurs perfides !

— Il y aura forcément des lecteurs pour accorder foi à ces obscénités au sujet d'une liaison secrète entre nous, soupira-t-elle, sentant ses joues s'empourprer. Tu ne devrais pas prendre cela à la légère. Il faut réagir.

— C'est déjà fait, répondit Cesare d'une voix déterminée. D'un autre côté, l'auteur s'est inspiré cette fois d'un fait réel… Je me fiche que tout le monde sache à propos de nous deux. Qu'est-ce que ça peut bien faire ? À moins que tu ne souhaites pas voir ton nom associé à celui d'un prince.

— Mais pas du tout ! se récria-t-elle.

Il darda sur elle un regard perçant.

— Dans ce cas, que dirais-tu si ledit prince te demandait ta main ? Serais-tu horrifiée ou enchantée ?

Elle en resta bouche bée.

À quel jeu cruel Cesare jouait-il avec elle ? Essayait-il à son tour de la manipuler ? Elle n'était pas candide à ce point !

— Si c'est une plaisanterie, elle est de mauvais goût.

— Et suppose que ce n'en soit pas une ?

— Cette conversation me paraît complètement surréaliste. Si je supportais mieux l'alcool, je te demanderais un deuxième whisky. Je n'ai pas le profil d'une princesse, voyons ! Il te faut une épouse…

— Une épouse qui me ressemble ? Issue de l'aristocratie, et jouissant de tous les privilèges que donnent la fortune et le rang social, alors que toi, tu es un garçon manqué, plus à l'aise dans une écurie que dans une salle de bal ? Cela t'étonnera sans doute d'apprendre que, après avoir été abandonné par ma mère biologique, j'ai mené la vie d'un gamin des rues, mal fagoté et le ventre souvent vide.

Voilà qui expliquait que cet homme soit si difficile à cerner !

— C'est à la reine, celle que je considère comme ma seule mère, que je dois la chance miraculeuse de m'en être sorti. Elle a un si grand cœur qu'elle a accueilli et élevé le fils bâtard, fruit d'une incartade entre sa femme de chambre et le roi.

Sofia n'en croyait pas ses oreilles.

Elle ne s'était jamais interrogée sur le passé de Cesare, convaincue qu'il était né prince et qu'il avait toujours vécu dans de somptueux palais. Qu'il lui révèle aujourd'hui ce secret signifiait beaucoup pour elle.

— Je l'ignorais, dit-elle d'une voix étranglée par l'émotion.

— Il y a bien des choses à mon sujet que tu ne sais pas, notamment que tu peux remettre sans crainte ton bonheur entre mes mains. Ce qui me conduit à te poser de nouveau la question : Sofia, veux-tu m'épouser ?

— Avant de te répondre, je dois saisir les raisons de ta demande. Ton histoire m'explique ta propension à te renfermer sur toi-même et ta difficulté à extérioriser tes sentiments, mais elle n'explique pas tout.

— Je me suis mal conduit envers toi.

— Et donc tu estimes me devoir une récompense ? s'enquit-elle, les sourcils froncés.

— Tu n'es pas un de mes chevaux.

— Je me réjouis de te l'entendre dire !

— Alors, tu acceptes ?

— Je voudrais d'abord comprendre ce que tu ressens pour moi.

Visiblement mal à l'aise dans ce genre d'exercice, Cesare marqua un temps d'hésitation avant de déclarer :

— Du désir, de la passion, de la frustration, de l'agacement parfois, de la tendresse... En bref, j'ai acquis la certitude que je serais incapable de partager ma vie avec une autre que toi. Épouse-moi, et permets-moi de veiller sur toi jusqu'à la fin de mes jours.

Elle avait la tête qui tournait, et son cœur battait si fort qu'il n'était pas loin d'exploser dans sa poitrine.

D'abord, ce second article pire que le premier, puis l'agression, et enfin cette demande en mariage totalement inattendue. Cela faisait beaucoup d'émotions en peu de temps !

— Je crains de ne pas avoir le profil type pour devenir princesse, et encore moins reine.

— C'est précisément la raison pour laquelle je pense que la famille royale ne peut pas rêver mieux ! Tu es celle que mon peuple mérite, celle qui est à même de le comprendre et d'œuvrer pour son bien. Ton unique défi consistera à me supporter.

Elle plongea son regard dans le sien, s'attendant à y déceler une lueur moqueuse, mais elle n'y vit rien de tel. Le doute persistait.

D'où lui venait ce sentiment d'insécurité ? La vie était pleine d'incertitudes, mais ce n'était pas une raison pour gâcher sa chance de connaître le bonheur à deux.

— Es-tu vraiment sincère ?

— Absolument. Je ne plaisanterais pas sur un sujet aussi important.

— Mais, rien dans ton attitude à mon égard ne laissait présager que…

— Ce n'est pourtant pas faute de t'avoir donné des indices. Avoue que, mis à part quelques joutes verbales sans conséquence, nous nous accordons à merveille… Par ailleurs, notre union réduira au silence les mauvaises langues. Le prince play-boy rentre enfin dans le rang !

Elle eut l'impression de recevoir le coup de grâce. Juste comme elle s'autorisait à croire Cesare, ces dernières paroles faisaient voler ses espoirs en éclats. Dire qu'il ne se souciait même pas de savoir ce qu'elle éprouvait pour lui !

Mais elle refoula ses larmes. N'était-elle pas une battante ? Hors de question de déclarer forfait et de renoncer à l'homme qu'elle aimait. Elle ne s'avouait pas vaincue.

— Une transaction comme une autre, en quelque sorte, dit-elle sèchement. Est-ce là ta vision du mariage ? Un stratagème pour attendrir la nation avec un conte de fées qui tombe à point nommé ?

14.

— Je suis d'une franchise parfois brutale, je le reconnais, avoua Cesare avec une grimace d'excuse.

— J'ai déjà eu l'occasion de le constater, en effet, rétorqua Sofia. Mais ce qui m'importe en réalité, c'est que tu exprimes ce que tu ressens vraiment.

— Je viens de le faire, me semble-t-il, répliqua-t-il durement. Je t'ai dit que je ne me voyais pas partager ma vie avec une autre que toi, et je le pense sincèrement.

— Dit sur ce ton, on a du mal à y croire. S'il te plaît, Cesare, ne me mens pas. Cesse de prétendre qu'il s'agit d'autre chose que d'une solution pratique.

Il poussa un soupir exaspéré.

— Qu'exiges-tu de moi précisément ? Je me figurais que ma demande te réjouirait.

Elle refoula les larmes qui lui brûlaient les paupières.

— Une demande formulée comme une proposition de contrat ? s'enquit-elle, incrédule.

— Ne joue pas à ça avec moi, Sofia. Les grands serments, ce n'est pas mon truc. Je manque peut-être de romantisme, mais personne ne peut me reprocher de ne pas me projeter dans l'avenir.

— Un avenir dans lequel tu as subitement décidé de m'inclure. Et tu t'imagines que ton projet d'épouser une artiste espagnole censée avoir écrit des articles calomnieux sur ton compte va enthousiasmer ton peuple ? As-tu réfléchi à la réaction de la reine quand tu lui apprendras la nouvelle ?

— Je t'en prie, écoute-moi calmement. Tu connais maintenant mon passé, donc tu sais que rien ne me prédestinait à devenir prince. Pourtant, je *suis* prince. Nous ne sommes pas si différents tous les deux, et je ne t'aurais jamais demandé ta main si tu étais une princesse gâtée et capricieuse affublée d'un titre ronflant.

— Tu as raison. Moi, je ne suis qu'une gourde qui n'a rien trouvé de mieux que de tomber amoureuse d'un prince.

Cesare sembla tomber des nues.

— Parce que tu m'aimes ?

— Oui, je t'aime.

— Parfait ! s'exclama-t-il sans lui retourner le compliment. Dans ce cas, notre union se présente sous les meilleurs auspices. Il ne nous reste plus qu'à dresser la liste des préparatifs.

— Parce que tu ne l'as pas déjà établie ? s'enquit-elle, sarcastique.

Sa remarque lui valut un rictus de contrariété de Cesare.

— Je note à quel point la perspective de m'épouser t'enthousiasme.

Elle était déchirée entre la déception, le désir de se jeter dans ses bras et d'oublier les fantômes du passé, la frustration que lui inspirait ce dialogue de sourds, et la peur de perdre l'homme qu'elle chérissait le plus au monde.

Elle prit une profonde inspiration.

— Le problème n'est pas là. Ce mariage ne marcherait pas. Tu viens de m'en fournir la preuve en ne manifestant aucune émotion quand je t'ai avoué mes sentiments. J'ai franchement l'impression qu'ils n'entrent pas en ligne de compte.

— Tu te trompes, protesta-t-il. Pourquoi es-tu si réservée ? Pourquoi refuser de nous donner une chance ?

— Parce que tu es verrouillé à double tour, incapable d'extérioriser ton ressenti. Si tu t'engages par devoir envers la Couronne, ce serait malhonnête de ma part d'accepter. Ta nation mérite mieux qu'une princesse réticente et un prince au cœur sec, non ?

— Pas si sec que ça, répliqua-t-il, offensé, puisque je suis prêt à t'offrir tout ce que tu désires.

— Je me moque des biens matériels ! Ce que je veux, c'est de la confiance, de la complicité et un amour partagé. Qu'as-tu fait de ta sensibilité, Cesare ? Pourquoi l'empêches-tu systématiquement de s'exprimer ? Parce que, selon toi, c'est un signe de faiblesse ?

— Bien sûr que non ! J'éprouve des sentiments profonds pour mon peuple, pour ma famille, et particulièrement pour toi, Sofia. Je ne sais plus quoi te dire pour t'en convaincre. Je m'y prends sans doute mal, mais je n'aspire qu'à te rendre heureuse. Tu n'as rien à craindre de moi. Tentons l'aventure, et si cette union ne te comble pas, libre à toi de la rompre. Je ne suis pas un ingrat, tu auras alors droit à une pension à vie.

Il n'aurait pas pu avancer pire argument. La faible lueur d'espoir qui brillait encore au fond d'elle s'éteignit, et elle ressentit un vide abyssal.

— Visiblement, tu n'as pas écouté un mot de ce que je t'ai dit. Ce serait quoi, cette pension à vie ? Une récompense pour avoir dupé la nation ? Merci, ça ne m'intéresse pas ! Le jour où je me marierai, ce sera par amour, pas par calcul.

— Réfléchis tout de même. Avec moi, tu n'auras plus jamais à t'inquiéter pour ton avenir. J'ai neutralisé Howard Blake en rachetant son groupe de presse, et Domenico est sous les verrous en attendant son jugement. J'ai l'intention de passer le reste de ma vie à te protéger et à protéger mon peuple. Si tu possèdes ne serait-ce qu'une once du sens de l'honneur des Acosta, tu ne peux que me soutenir dans cette mission.

— Et donc me résigner à épouser un homme fermé comme une huître ? lança-t-elle.

Elle avait envie de blesser Cesare autant que lui-même la blessait. La provocation l'amènerait peut-être à réagir ? C'était tragique de penser qu'il éprouvait certainement des sentiments, mais qu'il était incapable de les exprimer sous une forme qui la satisfasse. Elle avait sans doute sa part de responsabilité dans cette absence de communication.

— Désolé si je n'arrive pas à trouver les mots adéquats. Je ne suis pas doué pour les grandes déclarations. Sache, en revanche, que je suis sincère. J'espère que ton bon sens te permettra d'y voir clair.

— L'amour finit par mourir s'il n'est pas payé de retour, et je ne supporterai pas…

La gorge nouée, elle s'interrompit.

— Un nouvel abandon ? suggéra-t-il d'une voix douce. La perte de tes parents t'a laissé des stigmates. Quoi de plus normal ? D'autant que tu étais jeune, à l'époque. Je pense pouvoir contribuer à ce que la plaie cicatrise. Encore faudrait-il que tu me donnes une chance d'y arriver.

Submergée par l'émotion, elle jugea prudent de se taire.

— Je me rends compte que je brûle les étapes. J'admets avoir un côté bulldozer. Dès le début, j'ai été irrésistiblement attiré par toi, et il m'a semblé que c'était réciproque. Alors, je n'ai pas pris le temps de te faire la cour. Peut-être n'est-ce pas trop tard ? Quoi qu'il en soit, rien ne nous empêche d'avancer en parallèle dans notre projet de mariage, ajouta-t-il, comme elle ne répondait pas à la question. Achète tout ce que tu veux pour la cérémonie. Tu peux aussi commencer à lancer quelques invitations et…

Chasser le naturel, il revient au galop !

— *Il-n'y-au-ra-pas-de-cé-ré-mo-nie !* scanda-t-elle en prenant soin de détacher chaque syllabe. Tu échafaudes des plans pour un événement auquel je ne participerai pas !

Mais il en fallait plus pour dissuader Cesare.

— Si tu souhaites choisir toi-même l'alliance, jette un coup d'œil sur Internet.

Elle visualisa un anneau de pacotille tel que les enfants en trouvent parfois dans les pochettes-surprises. Il conviendrait à merveille pour une union factice…

— Sinon, je peux m'en charger, poursuivit Cesare, qui

avait décidément de la suite dans les idées. J'ai mes entrées chez tous les grands joailliers.

— Je n'en doute pas une seconde, rétorqua-t-elle d'une voix acide.

Et en imaginant la collection de bijoux hors de prix que le prince avait dû offrir à ses maîtresses successives, elle sentit son cœur se fissurer un peu plus.

— Si je comprends bien, le mariage se résume pour toi à une alliance en diamant assortie, pour faire bonne mesure, d'une bague ornée d'une pierre assez grosse pour que chacun puisse mesurer la hauteur de ton engagement. Nous ne sommes vraiment pas sur la même longueur d'onde. Plutôt me pendre que d'épouser un homme qui ouvre son portefeuille mais pas son cœur.

— Je te plais, ne le nie pas.

— Pourquoi ne pas appeler un chat, un chat ? Si tu veux savoir si j'aime faire l'amour avec toi, la réponse est oui. Si je souhaite que notre relation continue ? La réponse est de nouveau oui. Tu es un amant fabuleux. Ce qui ne signifie pas que nous devions passer ensemble le restant de nos jours.

Elle avait conscience de ne pas être complètement honnête avec elle-même. Elle rêvait d'unir sa vie à celle de cet homme. Mais pas dans n'importe quelles conditions.

Ignorant délibérément ses arguments qu'elle estimait pourtant percutants, Cesare s'obstina dans son idée.

— En nous mariant, nous ferions d'une pierre deux coups. Nous officialiserions notre liaison, et nous couperions court aux rumeurs.

— Comme c'est joliment présenté !

Il poussa un soupir d'exaspération.

— J'ai l'impression de me heurter à un mur. Vas-y, annonce ton prix !

— Annoncer mon prix ? répéta-t-elle d'une voix étranglée.

— Pardon, je suis maladroit, se reprit-il aussitôt.

— Trop tard, le mal est fait… A priori, tu as déjà tout

planifié. Préfères-tu procéder à un virement, auquel cas je t'adresse mon relevé d'identité bancaire, ou me payer en monnaie sonnante et trébuchante ?

— Ce n'est pas ce que je voulais dire, et tu le sais pertinemment !

— Autre point : as-tu discuté de ton projet avec mes frères ?

— Je te croyais assez mature pour prendre ta décision seule.

— Et moi, je te croyais assez sensé pour ne pas t'entêter devant une fin de non-recevoir.

— Je ne souhaite que ton bonheur.

— Tu as une curieuse façon de le démontrer.

— Vraiment ?

Son air sincèrement perplexe acheva de la dissuader.

— Je jette l'éponge, murmura-t-elle. En matière de séduction, tu détiens le prix d'excellence, je n'en disconviens pas, mais pour ce qui est de courtiser, tu mérites un zéro pointé. Tu aurais dû deviner qu'il me fallait autre chose que des joyaux et une cérémonie en grande pompe pour me conquérir. Si tu avais évoqué une réception simple en petit comité sur ton île privée…

— Excellente suggestion ! s'exclama-t-il avec enthousiasme. Cela ne nous empêchera pas de prévoir par la suite une bénédiction nuptiale à la cathédrale royale…

Elle en avait assez entendu !

— Trouve d'abord la jeune mariée, car ce sera sans moi.

Sur ces mots, elle quitta la pièce en claquant la porte.

Après le départ de Sofia, Cesare se mit à arpenter son bureau en long et en large, tâchant d'analyser la situation.

Il avait été mauvais. Il n'avait pas réussi à convaincre Sofia de sa sincérité. Sa dernière repartie lui avait fait l'effet d'un uppercut, mais au lieu de le mettre KO, elle lui insufflait un regain d'énergie. Il allait se battre pour conquérir la femme de sa vie. Car il n'avait à présent plus de doute : Sofia Acosta était celle qu'il avait attendue si longtemps.

L'agression l'avait rendu fou d'inquiétude, au point qu'il était passé d'instinct en mode programmation sans tenir compte de ce qu'elle souhaitait vraiment. Quel idiot ! Comment pouvait-on être aussi avisé en affaires et aussi nul quand il s'agissait d'ouvrir son cœur ?

Dans sa grande naïveté, il avait pensé que sa demande en mariage suffirait à prouver à Sofia ses sentiments pour elle. À présent, il comprenait qu'elle n'y avait vu qu'un stratagème destiné à neutraliser l'impact négatif des deux articles sur sa réputation. L'idée de l'épouser l'avait lui-même surpris. Elle s'était imposée comme une évidence. Maintenant que Sofia l'avait éconduit, il mesurait à quel point il l'aimait de tout son cœur et de toute son âme.

Des années auparavant, quand ses compagnons d'arme s'étaient mariés les uns après les autres, il les avait enviés de connaître ce sentiment profond qui pousse à s'engager pour le reste de ses jours. À l'époque, la vie de couple ne s'inscrivait pas parmi ses priorités, même s'il projetait de fonder une famille dans un avenir lointain. Encore fallait-il trouver la bonne personne…

Sofia avait rendu ce projet réalisable. Elle ne ressemblait en rien aux pimbêches de l'aristocratie plus préoccupées de leur nombril que du sort du peuple. Elle avait une belle âme, du tempérament, et parfois un fichu caractère. Elle saurait le soutenir dans ses futures responsabilités, le stimuler par son enthousiasme et sa spontanéité.

Si seulement il avait su ne pas mettre la charrue avant les bœufs et lui exprimer ce qu'il ressentait pour elle, il n'aurait pas gâché sa chance. En aurait-il une seconde ? Rien n'était moins sûr. Sofia était une femme déterminée, et elle lui avait clairement signifié son refus de l'épouser. À force de patience

– ce qui n'était pas sa qualité principale –, il parviendrait peut-être à la faire changer d'avis.

Il allait repartir de zéro. *D'abord* lui faire la cour, et *ensuite* lui demander sa main. Le problème, c'était que, faute d'expérience, il ne savait pas comment s'y prendre, et il ne se voyait pas solliciter un conseil auprès d'un des frères Acosta ! Jusqu'à présent, les femmes s'étaient offertes à lui sans qu'il ait à fournir le moindre effort. Lui qui se targuait d'avoir le sens de l'organisation, il avait une sacrée marge de progression en matière de séduction !

Incapable de rester les bras croisés à ressasser son échec, il convoqua une réunion pour le lendemain matin, avant la séance d'entraînement. D'ici là, il s'efforcerait d'éviter Sofia qui n'avait sûrement guère envie de croiser son chemin après cette discussion. Il s'employa donc à se dépenser physiquement : il ne connaissait pas de meilleur remède contre les idées noires.

15.

Une fois enfermée dans sa chambre, Sofia éclata en sanglots et se jeta sur son lit. Faute de punching-ball pour évacuer sa peine et sa frustration, elle martela son oreiller de coups de poing rageurs.

Comment un homme aussi intelligent pouvait-il être assez obtus pour s'imaginer qu'une jolie bague et des largesses compenseraient l'absence de sentiments ? Tout l'argent du monde ne suffirait pas à combler le vide creusé par un amour non partagé, et elle ne se sentait pas de taille à aimer pour deux. Devait-elle alors renoncer à celui à qui elle avait donné son cœur et son corps ?

Elle en était là de ses tristes pensées quand son téléphone sonna, offrant une diversion bienvenue. Elle sécha ses larmes d'un revers de main et décrocha sans prendre le temps de consulter l'écran du portable.

— Sofia ? C'est Cesare.

Elle retint sa respiration.

Comme si elle ne l'avait pas reconnu ! Tout son être vibrait au son de cette voix grave et masculine.

— Tu vas bien ? S'il te plaît, dis quelque chose !

— Je vais bien, merci. Juste une petite crise d'allergie, mais c'est fini maintenant, mentit-elle.

— Tant mieux. J'ai organisé une réunion demain matin avant l'entraînement afin de communiquer à toute l'équipe ma position au sujet du second article.

— Aurai-je mon mot à dire ?

— Je prendrai d'abord la parole. Tu pourras t'exprimer ensuite au moment des questions-réponses.

— Si tu n'y vois pas d'inconvénient, je préférerais me tenir à tes côtés et intervenir pour fournir ma propre version des faits.

Il y eut un silence à l'autre bout du fil.

— Si cela peut te faire plaisir, finit par répondre Cesare un peu sèchement.

De toute évidence, l'idée ne l'enthousiasmait pas.

Elle décida de ne pas en tenir compte.

— À quelle heure demain ?

— 8 heures.

— Parfait. J'y serai.

Après avoir raccroché, elle se posta devant le miroir.

Elle avait les paupières gonflées et rougies par les larmes. En bref, pas du tout l'allure d'une princesse de conte de fées, conclut-elle avec amertume.

Excité par la perspective de la réunion du lendemain, Cesare dormit d'un sommeil agité et se réveilla aux aurores. Il se leva avec le sentiment que cette journée marquerait un tournant dans son existence. Après un jogging, quelques exercices de musculation et une longue douche, il se sentit prêt à l'affronter.

Les frères Acosta l'avaient rejoint depuis cinq minutes à peine quand Sofia fit son apparition, Bran sur ses talons.

L'affection de ce chien – son préféré – pour la jeune femme lui parut de bon augure. En apercevant son maître, l'animal fonça vers lui pour lui faire la fête.

— Et si on passait aux choses sérieuses ? suggéra Xander dont la patience n'était pas la qualité principale. Tu nous as réunis pour quelle raison ?

Cesare allait répondre quand Sofia prit la parole d'une voix calme et claire, lui coupant l'herbe sous le pied.

— Il veut m'épouser.

Le scoop fut suivi d'un silence assourdissant.

— Il faut croire qu'il a apprécié le contenu de ton article ! finit par lancer Raffa d'un ton goguenard.

— Épargne-moi tes sarcasmes, riposta sa sœur.

Les quatre frères contemplaient Cesare avec un air de profonde commisération, comme s'il s'apprêtait à commettre une erreur monumentale.

Il s'en moquait éperdument. Ce qui, en revanche, le préoccupait, c'était l'extrême pâleur de Sofia. La jeune femme lui parut soudain si vulnérable face à sa fratrie qu'il dut résister à l'envie d'entourer ses épaules d'un bras protecteur.

— Pour être tout à fait précis, déclara-t-il, j'ai déjà fait ma demande, laquelle a rencontré une fin de non-recevoir. Sans doute m'y suis-je mal pris… Mais, étant d'un naturel persévérant, j'ai décidé de retenter ma chance, cette fois en y mettant les formes et sans brusquer les choses. Je désire néanmoins m'assurer, avant de faire la cour à votre sœur, que vous n'avez pas d'objection.

— Puisque Sofia a refusé, pourquoi t'obstiner ? dit Xander avec son franc-parler habituel.

— Pour ce qui me concerne, ajouta Raffa, je n'y vois pas d'inconvénient. En revanche, j'espère que tu ne cherches pas à restaurer ainsi ton image ternie par les accusations calomnieuses du second article.

— Tu as ma parole d'honneur. Même si ces articles n'avaient jamais existé, j'aurais souhaité épouser Sofia. À mes yeux, elle se distingue entre toutes les femmes, et je l'aime.

— À t'entendre, on jurerait que ma petite sœur a dompté le prince play-boy, dit Dante sans cacher son amusement.

— Exact ! Et j'ai compris la leçon de mon premier échec. Dorénavant, je commencerai par l'écouter avant de foncer tête baissée. Je profite de votre attention pour vous informer que le véritable auteur de ces tissus de mensonges était mon secrétaire particulier. Il va comparaître sous peu devant les instances judiciaires du royaume pour haute trahison et tentative de meurtre. Quant au groupe de presse fondé par Howard Blake, il m'appartient désormais, et il effectuera chaque année un don en faveur de l'institution caritative de Sofia afin que sa présidente puisse, à sa guise, agrandir le refuge existant et en créer d'autres si nécessaire.

— Tu as fait tout ça pour moi ? murmura-t-elle d'une voix sidérée. Je l'ignorais. Je ne te remercierai jamais assez.

— Je maîtrise mieux l'action que le verbe, répliqua Cesare avec un sourire.

— Et si vous gardiez cette discussion pour plus tard ? suggéra Dante. Je vous rappelle qu'une séance d'entraînement nous attend. En conclusion, disons que, puisque Cesare a la correction de solliciter notre permission de courtiser Sofia afin de faire de notre sœur une honnête femme, nous aurions tort de nous y opposer. D'autant que nous tenons là une chance inespérée de nous débarrasser de cette petite peste !

Le reste de la fratrie signifia son accord par un éclat de rire.

— Avais-tu déjà demandé la permission pour quoi que ce soit dans ta vie, Cesare ? s'enquit Xander, une fois le calme revenu.

— Pas souvent, je l'admets.

— As-tu la moindre idée de l'aventure dans laquelle tu t'embarques ? renchérit Raffa.

— Oui, j'en ai eu un aperçu. Comme vous le savez, j'ai un faible pour les missions périlleuses ! Mais malgré ses défauts, Sofia est un être exceptionnel, et je l'aime de tout mon cœur.

Un concert de sifflets moqueurs salua sa déclaration.

Lorsque l'entraînement prit fin, Sofia se sentait à bout de forces.

Elle avait dû produire un effort de volonté considérable pour se concentrer sur les exercices, le prince occupant toutes ses pensées. Elle n'avait pu s'empêcher de le regarder à la dérobée pour s'assurer que le nouveau Cesare n'était pas le fruit de son imagination. Après la déclaration enflammée de leur hôte, ses frères n'avaient plus évoqué le sujet, mais ils s'étaient montrés beaucoup plus gentils avec elle lors de la pause déjeuner. Ce changement de comportement, elle le devait en grande partie à Cesare. Un cadeau plus précieux que le plus luxueux bijou !

Cesare avait déjà sauté à terre et confié son poney à un lad alors qu'elle en était toujours à essayer de s'extraire de sa selle, tant ses muscles étaient douloureux.

— Tu veux un coup de main ? s'enquit-il, attentionné.

— Non merci. Je vais y arriver.

La suite lui démontra le contraire. Si Cesare ne s'était pas précipité pour la retenir, elle aurait mordu la poussière.

Il se contenta de la maintenir par le bras, le temps qu'elle retrouve son équilibre, sans tenter de l'enlacer.

— On se voit au dîner, dit-il ensuite avant de s'éloigner.

Décidément, il n'avait qu'une vague notion de ce qu'était le romantisme. Si c'était ainsi qu'il envisageait de la courtiser, ça ne le mènerait pas bien loin !

Avant de regagner sa suite pour prendre une douche, elle se rendit à l'écurie, et Bran la suivit, fidèle comme une ombre. Elle avisa un palefrenier en train de soigner l'un des chevaux et lui proposa de le remplacer. Cette activité lui permettrait peut-être de chasser Cesare de son esprit. Elle entreprit d'appliquer l'emplâtre d'argile tout en murmurant des paroles de réconfort à la jument visiblement nerveuse.

— Un problème ? fit la voix de Cesare derrière elle.

Elle sursauta malgré elle.

— Une légère inflammation musculaire. À mon avis, il n'y paraîtra plus dans un jour ou deux.

— Il faut reconnaître que Jess ne ménage ni les cavaliers ni leurs montures.

Apparemment, Cesare ne semblait pas spécialement fatigué. Il avait même l'air en forme dans sa tenue d'équitation qui mettait en valeur son physique d'athlète et sa crinière noire ébouriffée. Il était terriblement sexy.

Sentant son cœur s'accélérer et son ventre se nouer sous l'effet du désir, elle se contraignit à reporter son attention sur la jument.

— Je me dépêche de finir afin d'être à l'heure pour le dîner, marmonna-t-elle.

— Il y a un changement de programme. Ce soir, c'est moi qui cuisine. Sur un feu de camp. Ma mère m'a appris quelques recettes de marinade, s'empressa-t-il de préciser devant son air incrédule. La reine est une femme pleine de ressources.

— Ça, je n'en doute pas.

Elle surprit dans le regard du prince une lueur particulière qui ressemblait à de la tendresse.

Ce dîner improvisé la réjouissait. S'inscrivait-il dans le programme de séduction de Cesare, auquel cas il s'agirait très certainement d'un tête-à-tête, ou réunirait-il toute l'équipe autour du feu de camp ?

Elle s'abstint de poser la question.

— Rendez-vous à 20 heures dans le pré qui borde la rivière. Ne sois pas en retard.

Elle sourit intérieurement en notant son ton autoritaire. Certaines choses ne changeraient jamais.

Cesare s'activait autour du feu de camp qui crépitait.

Quand Sofia arriva, il ne put s'empêcher d'admirer l'allure de la cavalière et l'agilité avec laquelle, bien que fourbue par sa journée d'entraînement, elle sauta à bas de son cheval.

Avec sa longue chevelure aux boucles plus indomptables que jamais après sa course à cheval, elle était d'une beauté à couper le souffle.

— Qu'est-ce que c'est ? s'enquit-elle en jetant un regard plein de curiosité en direction de la caisse qu'il avait eu l'idée d'apporter.

— Un chevalet et du matériel de peinture. Le coucher de soleil est particulièrement beau à cet endroit, et j'ai pensé que tu aurais peut-être envie de le peindre. Ensuite, on pourrait accrocher le tableau où tu le souhaites, ici au ranch, ou dans la maison de l'Isla Ardente.

— Tu envisages sérieusement d'exposer l'une de mes œuvres dans ton ranch ?

Cette suggestion la prenait visiblement de court.

Il fit mine de réfléchir.

— Pourquoi pas ? Sous réserve que ce ne soit pas une croûte, bien sûr.

Une tape sur l'épaule sanctionna cette dernière remarque.

— D'autant que mon ranch deviendrait aussi le tien si tu acceptais de m'épouser. Alors, quel est ton verdict ?

— Rien ne me plairait davantage que…

Elle marqua une pause et se mordilla la lèvre avant de préciser avec une moue moqueuse :

— … De me remettre à la peinture.

— Touché ! s'exclama-t-il en éclatant de rire.

— Plus sérieusement, ton attention me touche beaucoup. Merci. Tu n'avais pas besoin d'en faire autant, je t'assure. Ton intervention pour me disculper définitivement aux yeux de mes frères aurait amplement suffi. Tu as droit à toute ma gratitude.

— Je ne veux pas plus de ta reconnaissance que toi de mes cadeaux somptueux. Ce que je désire, c'est ta main pour la bonne raison que je t'aime.

Elle lui adressa un sourire radieux avant d'ajouter un commentaire qui lui vrilla le cœur.

— Tu as conscience, n'est-ce pas, que plus rien ne nous oblige à nous marier ?

— Que veux-tu dire ? demanda-t-il d'une voix étranglée.

— Tu as mis Blake et son complice hors d'état de nuire, révélé la supercherie au grand jour, ce qui te vaut l'estime de ton peuple. Ta cote est au plus haut. Quant à ta mère et ta sœur, elles te vouent une affection inconditionnelle et n'ont jamais remis en question ta probité. Moi, ce qui m'importe avant tout, c'est… C'est ton bonheur.

Cette soirée était censée marquer un nouveau départ dans leur relation sur des bases plus saines. Elle devait être parfaite, et voilà qu'une simple petite phrase menaçait de tout gâcher. Pas question !

— Sans toi ? Je ne peux pas vivre sans toi, Sofia. Je n'ai même pas envie d'essayer.

— Tu es sûr de toi ? murmura-t-elle.

— Oui. Maintenant que la vérité a éclaté au sujet de ce scandale médiatique, plus rien ne s'oppose à ce que nous laissions nos sentiments s'exprimer librement, sans arrière-pensée. Commençons à bâtir notre avenir commun. Je ne te promets pas que nous ne rencontrerons aucun obstacle sur notre route, mais je sais que, ensemble, nous parviendrons à les surmonter.

Sofia resta silencieuse pendant quelques secondes qui lui parurent une éternité.

— Je serais honorée d'accepter, déclara-t-elle enfin, à une condition : que tu considères notre union comme un partenariat entre deux personnes égales.

— Telle est mon intention.

— Dans ce cas…

— Scellons notre accord par un baiser.

Un baiser en entraînant un autre, les grillades étaient complètement calcinées quand, à bout de souffle, ils se résignèrent à s'écarter l'un de l'autre. Par chance, le chef avait prévu toutes sortes de charcuteries, salades et fromages pour compléter le barbecue.

— Je me suis régalée ! s'exclama Sofia. Je crois que je n'ai jamais autant mangé de ma vie. As-tu réellement préparé ce panier de pique-nique sans l'aide de quiconque ?

— À vrai dire, je me suis contenté de passer la commande.

— Je m'en doutais un peu, rétorqua-t-elle avec un sourire malicieux. Je compte sur toi pour transmettre mes félicitations au chef.

— Et moi ? Je n'ai droit à rien ?

Pour toute réponse, elle posa ses lèvres sur les siennes.

Il dut prendre sur lui pour se remémorer ses bonnes résolutions et se retenir de lui faire l'amour sur l'herbe.

Une diversion s'imposait.

— Tu n'as pas envie de peindre ? suggéra-t-il quand il se contraignit par mesure de prudence à interrompre leur étreinte.

— Si, mais jure-moi que tu n'essaieras pas de me déconcentrer, dit-elle avec un petit air mutin.

— Je m'y engage solennellement.

Et malgré le désir qui le consumait, il tint parole.

Tandis que leurs montures cheminaient au pas, côte à côte, en direction du ranch, Sofia réfléchissait à la portée de sa décision.

Bonheur de se savoir aimée, plaisir de sentir encore sur ses lèvres l'ardeur de celles de Cesare, frustration que leurs baisers ne se soient pas mués en caresses plus intimes, inquiétude au sujet de l'avenir : tous ces sentiments contradictoires se bousculaient dans sa tête. Parviendrait-elle à s'adapter à sa nouvelle vie ? Cesare menait une existence si différente de la sienne.

— Tu es bien songeuse, fit remarquer celui-ci alors qu'ils atteignaient l'écurie.

— Je savoure cette merveilleuse soirée, répondit-elle, ce qui n'était qu'un demi-mensonge.

Ils mirent pied à terre.

— Je m'assure que nos chevaux reçoivent les soins nécessaires, puis j'irai me coucher, déclara Cesare. Je suggère que tu fasses de même pour être en forme demain.

— Tu as raison, murmura-t-elle à contrecœur.

Elle aurait nettement préféré partager son lit. Elle avait espéré jusqu'au bout qu'il lui proposerait de le rejoindre dans sa chambre. Il n'en fit rien, et elle s'éloigna à regret.

16.

Cesare n'imaginait pas que l'épreuve qu'il s'infligeait serait si difficile. Temporiser ne faisait pas partie de son caractère. Néanmoins, « faire la cour » à Sofia ainsi qu'il s'y était engagé supposait s'astreindre à la chasteté. S'interdire de toucher le corps de celle qui enflammait ses sens le mettait sur des charbons ardents.

Poussant un soupir de frustration, il mena les chevaux à l'écurie, où il les confia aux lads après quelques recommandations.

Tout en se dirigeant lentement vers la demeure principale, il tenta d'échafauder des stratagèmes pour écourter la durée de son supplice, mais aucun ne lui parut convenir. Il se verrait donc contraint de s'en tenir à sa décision initiale. Il avait donné sa parole devant les frères Acosta, et il la respecterait quoi qu'il lui en coûte.

Sofia s'agitait dans son lit, incapable de trouver le sommeil.

Elle avait tant espéré que Cesare vienne la rejoindre qu'elle avait laissé la porte de sa chambre entrouverte. Mais les premières lueurs de l'aube filtraient à travers les rideaux, et toujours pas de Cesare. Il ne lui avait même pas envoyé de message sur son portable.

Les nerfs en pelote, elle se leva, prit une douche rapide et se maquilla légèrement pour cacher les marques de fatigue, avant de revêtir une tenue d'équitation propre en prévision de l'entraînement. Puis elle se glissa hors de sa chambre.

Dans cette maison réservée aux visiteurs, le silence régnait. Tous les membres de l'équipe dormaient encore.

Elle traversa la cour en catimini et se faufila dans la demeure principale par la porte de derrière. Cesare en avait donné une clé à chacun des invités afin qu'ils puissent accéder à la cuisine en cas de besoin.

Ce fut justement là qu'elle se rendit, dans l'intention de monter son petit déjeuner au maître des lieux. Sa façon à elle de le remercier pour ses cadeaux.

Elle se lança dans la confection de crêpes – l'un de ses spécialités culinaires –, prépara du café et pressa quelques oranges. Puis elle disposa le tout sur un plateau et monta à l'étage.

Cesare n'était pas dans sa chambre. À en juger par le désordre de son lit, il avait dû avoir un sommeil agité.

Elle perçut le bruit de la douche et déposa son plateau sur une petite table.

À présent, elle n'était plus aussi sûre de la pertinence de son initiative. Comment réagirait-il en la découvrant plantée là ? Elle se demandait dans quelle tenue il sortirait de la salle de bains. Nu, simplement vêtu d'une serviette enroulée autour de la taille, ou complètement habillé ?

Perdue dans ses pensées, elle n'entendit pas la porte s'ouvrir.

— Sofia !

Elle déglutit péniblement en constatant qu'il était tout ce qu'il y a de plus nu, et elle s'obligea à maintenir son regard à la hauteur de son visage tandis que, nonchalamment, il enfilait un peignoir sans se donner la peine d'en nouer la ceinture.

— Des crêpes ? proposa-t-elle d'une voix qu'elle espérait décontractée.

— Excellente idée ! J'ai une faim de loup ce matin.

Elle crut discerner un sous-entendu dans son ton et une lueur amusée dans ses yeux.

— Tu n'as pas peur d'attraper froid ?

Elle eut conscience de l'absurdité de sa question, mais elle était tellement gênée qu'elle n'avait rien trouvé de plus intelligent à dire.

— Aucun risque, répondit Cesare en lui lançant un regard appuyé.

Il avança sans se presser en direction du plateau, mais au lieu de se servir comme elle s'y attendait, il se tourna vers elle et emprisonna son visage entre ses mains.

— Merci pour cette charmante attention, murmura-t-il. Tu es particulièrement ravissante ce matin.

A priori, l'anticerne qu'elle avait appliqué avait eu l'effet recherché !

Elle n'opposa aucune résistance quand Cesare l'attira contre lui et l'embrassa. Il sentait l'after-shave et une odeur légèrement épicée qu'elle reconnaissait comme étant le parfum naturel de sa peau. Elle ferma les yeux, songeant que si le reste de sa vie devait ressembler à cet instant, elle serait la femme la plus heureuse du monde.

Il ne se contenta pas d'un seul baiser, mais il finit par s'écarter.

— Veux-tu partager mon petit déjeuner ?

Un retour brutal à la réalité ! Cet homme était décidément imprévisible.

— Non merci. C'est pour toi que je l'ai préparé. Je souhaitais te remercier pour le pique-nique d'hier soir et pour le matériel de peinture que tu m'as offert.

— Il ne fallait pas… J'ai un aveu à te faire.

— Lequel ?

L'appréhension lui noua la gorge. C'était trop beau pour être vrai, elle aurait dû s'en douter !

— Si nous voulons que cela fonctionne entre nous, nous devons être honnêtes l'un envers l'autre, n'est-ce pas ?

— Oui, répondit-elle d'une voix tendue.

— Alors voilà : j'ai terriblement envie de toi. Beaucoup

plus que de ces crêpes, aussi appétissantes soient-elles. Or, je ne suis pas d'une nature très patiente…

Le soulagement la submergea, et elle éclata de rire.

— Tu ne préfères pas te rassasier d'abord ? s'enquit-elle d'un ton mutin.

Il parut réfléchir puis, avec un sérieux qui la sidéra, il déclara :

— Tu as raison. Nous ne pouvons pas nous permettre d'arriver en retard à l'entraînement.

Sofia s'employa en vain durant toute la journée à évacuer sa frustration. D'ordinaire, il lui suffisait d'une longue randonnée à cheval pour oublier ses soucis, mais cette fois, elle eut beau redoubler d'efforts durant les exercices, elle ne parvint pas à chasser une horrible sensation de manque.

Pire encore, le doute s'insinuait dans son esprit. Son pire ennemi. Il ne l'avait pas quittée depuis qu'elle avait perdu ses parents. Elle avait réussi grâce à un travail sur elle-même à le reléguer à l'arrière-plan, mais il était resté tapi dans un coin de son cerveau, attendant l'occasion de se manifester de nouveau. Et voilà qu'il resurgissait, plus sournois que jamais.

Et si la demande en mariage de Cesare n'était pour lui qu'une façon de se justifier vis-à-vis de ses frères ? Une fois le tournoi terminé, quand ils auraient tous repris le cours normal de leur vie, ne regretterait-il pas sa décision ? Ne s'apercevrait-il pas qu'il avait confondu désir charnel et amour véritable ?

Elle oscillait entre la tentation de lui poser directement la question et le besoin de profiter jusqu'au bout des instants qu'ils pouvaient encore partager. Ensuite, chacun repartirait de son côté. Il lui resterait le souvenir merveilleux de ses caresses et de leurs rares, trop rares moments d'intimité.

Le soir même, ayant acquis la certitude qu'un éloignement permettrait à l'un comme à l'autre de prendre du recul, elle mit aussitôt son plan à exécution, craignant d'y renoncer si elle réfléchissait trop. Elle en avisa Jess, à qui elle promit de revenir à temps pour le début du tournoi. Bien que sa belle-sœur n'approuve pas sa décision – elle n'en dit rien, mais son expression était éloquente –, celle-ci se contenta de lui recommander de s'astreindre à un entraînement quotidien afin d'être prête pour le tournoi. Ce à quoi Sofia s'engagea.

En sortant de la sellerie avec le sac contenant son équipement d'équitation, lequel devait rejoindre dans sa chambre ses autres bagages déjà bouclés, elle sentit les larmes lui brûler les yeux en mesurant combien Cesare lui manquerait si jamais il revenait à la raison et se rendait compte de son erreur.

— Hé, toi ! Où cours-tu comme ça ? s'enquit l'homme de ses pensées en jetant un coup d'œil suspicieux au grand sac qu'elle transportait.

Elle stoppa net et rougit, prise de remords.

Elle aurait dû l'informer de sa décision de rentrer en Espagne.

— À la maison principale, pour me connecter via le Wifi. Je n'ai pas de réseau dans ma chambre.

Elle n'avait jamais su mentir, et elle vit que le prince n'était pas dupe.

— C'est curieux. Je viens d'échanger des SMS avec Xander.

— Ah ! Ce doit être une question d'opérateur.

— Si tu le dis, répondit-il, manifestement perplexe.

Si elle demeurait là une minute de plus, son cœur risquait d'exploser tant il cognait dans sa poitrine.

Elle fit mine de partir, mais il la retint.

— Tu as l'air soucieux.

— Peut-être, répondit-elle, évasive.

— Pourquoi ne profites-tu pas du moment présent ? Il faut saisir la vie à bras-le-corps.

Facile à dire !

Elle mesurait de nouveau tout ce qui les séparait : Cesare possédait un pouvoir immense et une fortune à l'avenant. Son destin était tout tracé, tandis que le sien était incertain. Le scandale avait fait long feu, la presse people ayant désormais d'autres personnalités dans son collimateur, et le peuple d'Ardente Sestieri avait retrouvé foi en son prince, il ne restait plus à ce dernier qu'à choisir une épouse digne de son rang. Si elle le quittait maintenant, il finirait par l'oublier, et c'était le meilleur service à lui rendre. Au prix de son propre bonheur... Mais l'amour n'implique-t-il pas des sacrifices ?

— Y a-t-il quelque part où nous pourrions nous isoler pour discuter tranquillement ?

— Non, répliqua-t-il durement, je refuse d'écouter ce que tu t'apprêtes à me dire. Tu ne t'enfuiras pas ! Je ne laisserai pas les démons du passé tout détruire. Il faut du courage pour s'autoriser à aimer pleinement. Or, ce courage, tu l'as en toi.

— S'il te plaît, Cesare, ne rends pas la situation plus compliquée qu'elle ne l'est déjà. C'est pour ton bien.

— *Mon* bien, ou le tien ? gronda-t-il.

— J'aurais dû t'en parler. Cependant, je...

— Tu n'en as pas eu le temps ? Excuse-moi, Sofia, mais où est passé ton sens de la loyauté ?

— Je ne laisse pas tomber l'équipe. Je participerai au tournoi. Simplement, les choses sont allées un peu trop loin entre nous, et je crois qu'un break nous serait bénéfique à tous les deux. Avec le recul, tu comprendras que tu fais fausse route avec moi.

— Vraiment ? lança-t-il, sarcastique. Je te félicite pour ta perspicacité ! Quand cesseras-tu de fuir, Sofia ? Où que tu ailles, la mort de tes parents te poursuivra. Moi aussi, j'ai enfoui mes émotions au plus profond de mon être. Moi aussi, je me suis évertué à aider les autres sans me soucier de mon propre bien-être. Moi aussi, j'ai éprouvé le besoin maladif de gagner pour me prouver que j'existais. En la matière, j'ai plus d'expérience que toi, et, crois-moi, ça ne marche pas. La peine reste tapie au fond de toi, telle une épine plantée dans ton cœur, et tant que tu ne l'as pas affrontée, elle y demeure.

À mesure qu'il parlait, Cesare voyait Sofia se liquéfier devant lui.

— Comment sais-tu tout cela ? s'enquit-elle d'une voix tremblante, lui prouvant ainsi que son discours avait fait mouche.

— Je l'ai appris à mes dépens. J'ai compris que le déni et la fuite ne mènent nulle part. Il faut aller de l'avant, accepter les mauvais souvenirs comme les bons. La sérénité est à ce prix. Ceci dit, il me reste encore un bon bout de chemin à parcourir avant d'atteindre cet objectif. Je te propose de m'accompagner dans cette voie. Ensemble, nous serons plus forts.

— Et si je ne suis pas à la hauteur ? murmura-t-elle, émue aux larmes.

— Tu y arriveras. J'ai confiance en toi. Et puis, tu n'es plus seule. Je serai toujours là pour t'aider.

Il crut qu'elle allait éclater en sanglots.

— J'ignorais que tu avais tant souffert.

— Je cache mieux mes sentiments que toi. Sans doute parce que j'ai plus d'entraînement…

Il posa ses mains sur les épaules de la femme qu'il aimait, l'obligeant à le regarder dans les yeux.

— Je n'ai pas l'intention de t'empêcher de partir si c'est vraiment ce que tu souhaites. En revanche, ne t'imagine pas ainsi me simplifier la vie, car j'ai *besoin* de toi, Sofia. Je ne veux pas te perdre. Je te promets de te rendre heureuse.

À son regard rempli d'incertitude, il devina la lutte intérieure qui se livrait en elle.

— Pour régner à tes côtés, il te faut une femme qui se distingue par sa grâce et son élégance, finit-elle par déclarer. Une aristocrate dont l'éducation l'a formée au faste de la royauté. Pas une sauvageonne, plus à l'aise en compagnie des laissés-pour-compte, des chiens et des chevaux.

— Ne te sous-estimes pas. Tu as l'étoffe d'une reine, et mon peuple t'adorera.

Elle esquissa une moue dubitative.

Il s'apprêtait à l'attirer dans ses bras quand, du coin de l'œil, il aperçut Olivia et Jess qui venaient dans leur direction.

— S'il te plaît, dit-il d'une voix pressante, attends au moins demain matin pour prendre ta décision. Il paraît que la nuit porte conseil. Allons reposer ce sac dans la sellerie. Tout à l'heure, tu as suggéré que nous nous isolions pour parler tranquillement. Je te propose la chose suivante : nous abandonnons les autres pour le dîner – ils se débrouilleront très bien sans nous –, et nous partageons une pizza et un grand cru italien dans mon salon privé.

Elle parut hésiter, pesant le pour et le contre.

— D'accord, à une condition : qu'il y ait de la glace au chocolat au dessert.

— Marché conclu ! s'exclama-t-il avec soulagement.

17.

La soirée avait débuté de façon très chaste. Ils avaient poursuivi leur discussion tout en dévorant la pizza et, le capiteux vin italien aidant, le ton était devenu plus léger.

Plus ils se détendaient, plus la tension sexuelle entre eux devenait palpable. Leurs mains se frôlaient, leurs regards s'attardaient…

N'y tenant plus, Cesare attira Sofia dans ses bras. Il enfouit les doigts dans ses cheveux et l'embrassa avec la fougue d'un premier baiser.

— Pourquoi tant d'impatience ? grommela-t-il contre sa bouche, tandis qu'elle se collait contre lui.

— Que veux-tu, tu es irrésistible !

— Alors, la seule chose qui t'intéresse chez moi, c'est mon corps ?

— C'est déjà bien, non ?

Puis, soudain sérieuse, elle ajouta avec une certaine solennité :

— En réalité, tout m'intéresse chez toi. Tes qualités, tes défauts, tes pensées, tes émotions, tout. Je veux garder tes secrets dans mon cœur, rire avec toi comme nous le faisons ce soir, vieillir à tes côtés.

— Il vaut mieux que tu ne connaisses pas tous mes secrets, je t'assure.

— Rien ne presse. Tu me les confieras quand bon te semblera. N'avons-nous pas la vie devant nous ? Nous prendrons le temps de nous découvrir. Il y a des choses que tu ignores me concernant, et moi, j'en ai beaucoup à apprendre à ton sujet. Maintenant, si on arrêtait de parler ?

— Tu n'es qu'une effrontée.

— C'est à toi que je le dois !

— Tu as de la chance que je ne puisse rien te refuser.

Il ne se fit pas prier. Ils se dépouillèrent mutuellement de leurs vêtements et s'employèrent à assouvir leur désir.

La glace au chocolat, oubliée dans leurs coupelles, avait complètement fondu quand les spasmes du plaisir refluèrent, les laissant pantelants.

— J'ai de la glace dans les cheveux, se plaignit Sofia.

— C'est le risque, quand on s'allonge nue sur la table au moment du dessert.

Elle eut un petit rire mutin.

Il se pencha au-dessus d'elle.

— Sofia Acosta, je te le redemande : veux-tu m'épouser ?

— Avec ce qu'il vient de se passer, j'imagine que tu sais la réponse.

— J'ai une petite idée, mais la première fois, j'y croyais aussi, et tu m'as éconduit en beauté ! Alors, je préfère m'assurer que mon intuition ne me trompe pas.

— N'essaierais-tu pas de profiter de la situation ?

— Pas le moins du monde !

Ils se contemplèrent, et chacun trouva dans le regard de l'autre la confirmation qu'il espérait.

La soirée était bien avancée quand, après une très longue douche qui se transforma en jeux érotiques, ils se glissèrent sous la couette.

— Tu es sûr de vouloir renoncer au célibat ? demanda Sofia en se lovant dans ses bras.

— Absolument. Et toi ?

— Moi aussi, chuchota-t-elle.

— Je ne te promets pas que nous vivrons à l'abri des projecteurs, mais il nous appartiendra de savoir protéger notre couple.

— Et notre famille.

— Oui. Veiller à la destinée d'un pays expose nécessairement à une certaine pression médiatique, mais je ne doute pas que nous parvenions à un juste équilibre. Toi comme moi, nous aimons relever les défis.

— Ce qui signifie que nous allons devoir nous plier au rituel en grande pompe, dans une cathédrale bondée de gens inconnus et devant les objectifs d'un bataillon de photographes.

Il y avait de l'appréhension dans sa voix.

— Pas forcément. Si ma mémoire est bonne, tu avais évoqué une réception simple en petit comité dans mon île.

Le visage de Sofia s'illumina.

— Je pensais que tu avais oublié. Toutefois, je n'ai pas le droit d'exiger de toi cette entorse à l'étiquette. Tu as un rang à tenir.

— Les Italiens sont d'incorrigibles romantiques, répondit-il avec un sourire. Ils nous pardonneront d'avoir voulu célébrer notre union dans l'intimité. Nous pourrons toujours officialiser par la suite avec une bénédiction nuptiale formelle à la cathédrale. Sinon, nous profiterons du baptême de notre premier enfant pour organiser une cérémonie fastueuse.

— Tu ferais ça pour moi ?

— Pour toi, je ferais tout ce qui est en mon pouvoir, et, crois-moi, mon pouvoir est immense. Je reste très attaché au respect des traditions royales, mais avec de l'imagination, on trouve toujours le moyen de joindre l'utile à l'agréable. Si tu veux un mariage sur la plage, tu l'auras.

— Merci du fond du cœur, mon chéri, murmura Sofia d'une voix étranglée par l'émotion.

La finale venait de s'achever sur la victoire par sept points à six de l'équipe Lobos contre celle de l'Argentin Nero Caracas, au terme d'un match très disputé au cours duquel Sofia et Olivia avaient joué un rôle pivot sous les acclamations d'un nombre record de supporters. Les recettes du tournoi caritatif de polo dépassaient de loin toutes les espérances.

La soirée de clôture réunit les joueurs au grand complet ainsi que les membres de leurs familles venus les encourager. La fête battait son plein, dans une ambiance de franche camaraderie animée par une même passion. Le moment était bien choisi pour une annonce officielle.

Cesare réclama l'attention de l'assistance.

— Je souhaite vous informer que Sofia Acosta et moi avons l'intention de nous marier, déclara-t-il.

— Sofia est-elle au courant ? lança Nero, goguenard.

— Tout à fait, répliqua celle-ci en riant. J'ai même eu la primeur de ce scoop !

Le paradis sur terre. Cela avait été la première pensée de Sofia lorsqu'elle avait découvert l'isla Ardente. Son impression ne fit que se confirmer ce jour-là lorsque, pieds nus dans le sable, elle s'avança vers l'homme auquel elle allait s'unir pour la vie.

Pour l'occasion, Cesare avait opté pour une tenue chic et décontractée composée d'une chemise en lin blanc sur un pantalon également en lin, de couleur taupe. Elle-même portait la robe de mariée qu'ils avaient choisie ensemble, un fourreau de soie ivoire d'une grande simplicité qui épousait ses formes sans contraindre ses mouvements. Une couronne de fleurs cueillies le matin même dans les jardins du palais retenait sa chevelure, dont les boucles dansaient au gré de la brise. Au lieu du bouquet traditionnel, elle tenait dans ses bras le cadeau de son futur époux, une adorable boule de poils ayant pour géniteur Bran, le chien préféré du prince.

Fidèle à sa promesse, Cesare avait fait fi des conventions pour lui offrir le mariage de ses rêves. Il l'attendait devant l'autel improvisé, aux côtés de Jess, qui récupéra la petite chienne afin de leur permettre d'échanger leurs vœux.

Cesare lui prit la main et la porta à ses lèvres.

— Je t'aime, murmura-t-il. Tu es si belle. Vivement que nous nous retrouvions seuls.

Le prêtre se racla la gorge, et quelques rires amusés fusèrent parmi l'assistance. La cérémonie fut vite expédiée. Une fois que Cesare et elle se furent juré fidélité, un lad s'approcha, tenant par la bride un magnifique étalon noir.

Sous les applaudissements, Cesare sauta en selle avant de la hisser sur le cheval et de l'installer en amazone devant lui. Un claquement de langue, et leur monture partit au galop, les emportant vers un lieu connu d'eux où ils comptaient célébrer l'événement dans la plus stricte intimité avant de revenir participer aux festivités avec leurs invités.

Épilogue

— Nous en avons parcouru du chemin, *piccola amata* !

Un sourire ravi aux lèvres, Sofia acquiesça et se pelotonna contre son mari.

Comme elle aimait ces moments d'intimité volés à leurs obligations royales ! Jusqu'à présent, c'était un parcours sans faute, et ils avaient réussi, ensemble, à trouver ce fameux juste équilibre. Leur famille, réunie pour l'heure sur l'immense lit conjugal, le prouvait amplement.

Les heureux parents couvaient du regard le nouveau-né que Sofia tenait dans ses bras, une ravissante petite fille prénommée Thea. Quant à Nico et Tino, leurs jumeaux maintenant âgés de trois ans, ils montaient la garde de part et d'autre de leur mère, examinant leur sœur cadette avec un intérêt mêlé de curiosité.

— Nous avons un cadeau pour toi, dit Cesare en posant sur ses genoux un écrin recouvert de velours bleu nuit.

— Cesare ! Tu n'aurais pas dû, mon chéri ! Tu m'as déjà comblée, ajouta Sofia en contemplant ses enfants d'un œil attendri.

Jamais elle n'aurait imaginé, même dans ses rêves les plus fous, vivre un bonheur aussi parfait.

Tous les ans, Cesare et elle organisaient une journée portes ouvertes et recevaient le public dans les jardins du château. Cette année, il en profiterait pour présenter à la nation la jeune génération de la famille royale, non pas cette fois sous la forme de photographies, mais sous forme d'une collection de portraits peints par Sofia.

Le tournoi annuel de polo destiné à soutenir financièrement des œuvres caritatives continuait d'attirer de nombreux et généreux donateurs, tandis que le refuge fondé par Sofia avait pris une dimension internationale, faisant des émules dans plusieurs pays. Quant à Cesare, il passait pour le prince le plus bienveillant de toute l'histoire de la nation.

— Tu ne l'ouvres pas ? Les garçons meurent d'envie de savoir si ce présent te plaira, car ils m'ont aidé à le choisir.

— Oui, bien sûr.

Elle déposa son précieux fardeau sur la couette, entre les deux bambins, ravis que leur petite sœur agrippe aussitôt leurs index et les serre dans ses poings minuscules.

— Elle aura du caractère, cette jeune fille ! déclara Cesare en riant. Comme sa maman !

Sofia souleva le couvercle du coffret et ne put retenir une exclamation de surprise.

— Oh ! mon Dieu ! C'est magnifique ! Merci à tous les trois.

À l'intérieur se trouvait une fine chaîne en or ornée de trois superbes pendentifs en diamant en forme de cœur.

— Il est possible d'ajouter des cœurs, lui précisa Cesare avec un clin d'œil complice.

— Dois-je comprendre que Ton Altesse ne compte pas se contenter de trois enfants ? insinua-t-elle.

Pour toute réponse, le prince se pencha vers elle et posa tendrement ses lèvres sur les siennes.

Vous avez aimé *À la merci d'un don Juan* ?
Retrouvez en numérique les Acosta
et l'univers de Susan Stephens !

1. *Un impitoyable séducteur*
2. *Un scandaleux don Juan : Ruiz*
3. *Amoureuse de Diego Acosta : Diego*
4. *Un si séduisant play-boy : Nacho*
5. *Un amant argentin : Lucia*
6. *Un Noël au haras : Dante*
7. *À la merci d'un don Juan : Sofia*

Un roi pour patron, de Millie Adams - N°4411

Rien ni personne ne résiste au roi Matteo de la Cruz. Aussi est-il stupéfait quand Livia, sa parfaite assistante dont il ne sait plus se passer, refuse sa demande en mariage. Certes, il ne s'agirait entre eux que d'un arrangement dénué de sentiments mais Livia, qu'il a autrefois sortie du ruisseau, n'en tirerait que des avantages... Or, alors qu'il essaye de la faire revenir à la raison, Livia pousse l'affront jusqu'à lui présenter sa démission. Un rejet que Matteo n'est pas prêt à accepter. Bientôt, son assistante sera sa reine !

Un secret à Noël, de Sharon Kendrick - N°4412

Embauchée comme serveuse à l'occasion d'un gala de Noël, Hollie tombe sous le charme de Maximo Diaz, un irrésistible milliardaire espagnol. Aussi, quand celui-ci l'invite à partager une nuit avec lui – une seule ! –, cède-t-elle à la tentation, tout en sachant que cet homme restera à jamais hors d'atteinte. Mais voilà que peu de temps après cette parenthèse passionnée Hollie se découvre enceinte. Désormais, elle n'a d'autre choix que de se rendre au château de l'homme solitaire et envoûtant qui lui a fait perdre la raison, pour lui révéler qu'il sera bientôt père...

Le retour de Duarte Avelar, d'Amanda Cinelli - N°4413

Duarte a vécu l'enfer. Revenu d'entre les morts, il s'est battu pour rentrer chez lui, alors que tous le croyaient disparu à jamais. Pressé de renouer avec la vie qui lui a été arrachée – celle d'un milliardaire à qui tout réussit –, il doit d'abord recouvrer la mémoire. Or la clé de ses souvenirs pourrait bien être une jeune femme qui hante ses nuits. Sitôt qu'il l'a identifiée, Duarte se précipite donc à Rio pour trouver Nora Beckett, sans savoir quel lien existe entre eux. Et c'est avec stupeur qu'il découvre que la belle attend un enfant de lui !

Une reine à New York, de Natalie Anderson - N°4414

Prendre la place de sa jumelle. Au départ, l'idée paraissait séduisante à la reine Jade. Quitter son palais de Monrova – et ses devoirs – pour passer Noël à New York lui semblait même le comble de l'audace. Seulement voilà, avant de pouvoir profiter de sa liberté, elle doit affronter Alvaro Byrne, le patron de sa sœur. Saura-t-elle convaincre cet homme exigeant et autoritaire qu'elle est sa précieuse collaboratrice ? Surtout, parviendra-t-elle à ignorer le désir qu'il fait naître en elle pour jouer son rôle ?

Séduction au palazzo, de Julia James - N°4415

Jenna retient son souffle, tandis qu'elle pénètre dans le *palazzo* du signor Evandro Rocceforte. C'est là, au cœur de la campagne piémontaise, qu'elle vivra quelques semaines en tant que tutrice de la petite Amélie, la fille du maître des lieux. Si cette perspective la réjouit de prime abord, Jenna ne tarde pas à prendre peur. En effet, la cohabitation avec son mystérieux patron pourrait s'avérer plus difficile que prévu, si elle en croit la passion qui brûle aussitôt entre eux, intense et interdite…

L'hiver d'une princesse, de Leah Ashton - N°4416

Alors qu'elle s'apprête à épouser un homme qu'elle n'aime pas, Ana, princesse de Vela Alda, prend la fuite. Persuadée d'avoir fait le bon choix, elle doit toutefois trouver un refuge, et vite. Et c'est chez Rhys North, un expert en sécurité ami de son frère, qu'elle pose ses bagages. Auprès de cet homme protecteur, elle espère échapper au scandale provoqué par ses noces interrompues. Mais c'est une tout autre rumeur qui menace bientôt sa fragile sérénité. Conquise par Rhys, Ana entame une liaison avec lui – et se retrouve enceinte…

Une promesse à honorer, de Jessica Gilmore - N°4417

Sous le choc, Amber aperçoit dans la foule le prince Tristano Ragrazzi. Loin d'être un inconnu pour elle, cet homme est l'incarnation de l'existence dorée mais dénuée de liberté qu'elle a fuie huit ans auparavant. Promise autrefois à Tristano, elle a en effet brisé leur mariage arrangé sans un mot, pour se fondre dans l'anonymat. Impossible aujourd'hui de renier plus longtemps son titre de princesse et les responsabilités qui lui incombent, car Tristano exige qu'elle rentre avec lui au palais d'Elsornia et qu'enfin elle l'épouse !

Des jumeaux pour un milliardaire,
de Lynne Graham - N°4418

SÉRIE : *LES MARIÉES DE NOËL* - 2/2

Amy accueille toujours Noël avec joie – sans doute parce qu'elle a été privée de fêtes toute son enfance. Mais cette année son bonheur est à son comble. Depuis sa rencontre avec Sevastiano Cantarelli, elle se sent pousser des ailes… au point qu'elle finit par s'abandonner à la passion entre ses bras. Un moment d'égarement qu'elle ne tarde pas à regretter, hélas ! Car tout en prenant conscience que Sevastiano ne partagera jamais ses sentiments Amy découvre qu'elle attend des jumeaux de lui…

Son ennemi pour amant, de Kate Summer - N°4419

SÉRIE : *LES TSARAKIS* - 3/3

Se venger de l'homme à cause duquel il a perdu sa famille et l'atteindre dans ce qu'il a de plus cher, c'est le seul objectif de Theo Tsarakis. Pourtant, quand il rencontre la belle-fille de son ennemi pour lui annoncer que le contrat qui aurait pu lancer sa carrière de jeune photographe est annulé, il se sent étrangement déstabilisé. Juliet est belle, pleine de charme, terriblement séduisante… Devant son regard innocent, Theo se sent soudain incapable de s'en prendre à elle. Avant de trouver la solution à son dilemme : il fera de Juliet sa maîtresse, avant de la quitter en lui révélant qui est réellement ce beau-père qu'elle adore…

Un trône pour Noël, de Nina Milne - N°4420

SÉRIE : *NOËL ROYAL À CASAVALLE* - 3/3

Gabriella vient tout juste de découvrir qu'elle est une princesse, l'héritière du trône de Casavalle. Et elle a les plus grandes difficultés à s'adapter à son nouveau statut royal. Alors qu'un soir d'hiver elle cherche à oublier son devoir le temps d'une chevauchée, elle rencontre un sublime inconnu qui fait aussitôt battre son cœur. Quelle n'est pas sa surprise d'apprendre bientôt que celui qui l'a conquise d'un seul regard n'est autre que le prince Cesar d'Aguilarez, à qui sa famille la destine ! Gabriella n'a aucune envie de contracter une union de convenance, mais se pourrait-il que devoir et désir se mêlent pour transformer ces noces arrangées en un mariage d'amour ?

À la merci de Dario Olivero, de Kate Walker - N°4421

Afin de décourager un prétendant trop insistant, Alyse a mis au point un plan parfait : elle va séduire un inconnu à la soirée de gala à laquelle elle est invitée. Un plan parfait, vraiment ? En théorie seulement. Car, sous les baisers brûlants de Dario Olivero, cet Italien plus époustouflant que tous les princes de contes de fées, elle se sent happée par la passion. Frappée par un véritable coup de foudre ! Et elle, d'habitude si sage, se laisse surprendre dans une position compromettante par son amoureux éconduit… Désormais, la voilà seule, fuyant dans la nuit. Car son prétendant lui a annoncé qu'il n'hésiterait pas, pour laver cet affront, à se venger d'elle et de sa famille…